Vorspiel

Es war weit nach Mitternacht. Fahles Sternenlicht drang durch die bogenförmigen Fenster. Langsam kam wieder Leben in die von Papst Sixtus vor mehr als 525 Jahren streng nach den Maßen des Salomonischen Tempels erbaute Kapelle.

Nach und nach begannen Michelangelos Gestalten an der tonnenförmigen, eintausend Quadratmeter großen Decke sich zu regen. Es waren die Propheten und Sibyllen, samt den ihnen im Hintergrund dienenden Knaben und Mädchen, die sich aus der Erstarrung befreiten, sich räkelten und die Glieder streckten. Erst war es nur ein Flüstern und leises Raunen, dann ein vielstimmiger Chor.

»Alles klar? Wir haben es also gehört. Neue Propheten werden sich wieder einmischen ins Weltgeschehen«, sagte Jesaja, der Prophet Gottes aus biblischer Ferne. Und Jeremia fügte hinzu: »Es wurde auch höchste Zeit, denn außer betrügerischen Wahrsagern, die den Irdischen nur elende Scherzartikel als Vorhersagen teuer verkaufen, kennt die Welt weder Richtschnur noch Visionen. Ob sie als Astrologen auftreten oder als sogenannte Experten, ob als Pythia vom See, als Futurologen oder als ›Rat der Weisen‹, es ist doch alles eins: Augenwischerei und verwerflicher Schabernack.«

»Jede Zeit hat die Propheten, die sie verdient«, meinte

einer abschätzig, und ein anderer raunzte verächtlich: »Sie schauen nur Lügen, verkünden nichtige Träume und spenden leeren Trost.«

Eine der alten Sibyllen rieb sich die Augen und meinte mit bitterem Unterton in ihrer brüchigen Stimme:

»Und wer sollen die Neuen sein? Wer kennt sie? Woher wollen sie kommen?«

»Sie werden nur so tun als ob!« grummelte einer der greisen Propheten in seinen Bart.

»Ihr seid ungerecht!« entgegnete Jesaja. »Es ist die Zeit, die es so will!«

»Du hast vollkommen Recht. Auch war es zu keiner Zeit anders«, fügte Jeremia, der regungslose, der ins ewige Nachdenken versunkene Prophet mit tonloser Stimme hinzu.

Jona, trauriger Held und Seher wider Willen, der über der Altarwand unter seinem Rizinusstrauch saß, und der schon zu seiner Zeit als ein Drückeberger vor dem Herrn sich einen Namen gemacht hat, deutete entsetzt mit beiden Zeigefingern Richtung Erde: »Wie? Neue Propheten für die da unten?!«

»Du hast es doch gehört. Sie werden kommen und Zeichen setzen, durch Orakelworte und Auspizien«, sagte mit großem Ernst die junge libysche Sibylle, die den Reigen an der Längsseite der Kapelle anführt, erhob sich dann voller Anmut und langte hinter sich, um das große Buch ihrer Visionen vorzuholen.

»In Menschen- und in Engelsgestalt und, wer weiß, durch Schriften an der Wand werden sie wieder ihre Wirkung tun«, fügte Daniel hinzu, welcher der libyschen Seherin am nächsten saß. Mit diesen Worten spielte er elegant auf die eigenen Erfahrungen zu König Belsazars Zeiten in Babylon an. Dann öffnete auch er einen mächtigen Folianten und legte ihn auf seine Knie, wobei ihm einer der Jungen als Atlant diente, und begann, sich auf seinem Schreibpult ein paar Notizen zu machen.

»Aus gelächterlosen Träumen und in ungeschminkten Gesichten, vom Gott getrieben und hingeworfen mit rasendem Munde!« konstatierte die riesengestaltige und steinalte Sibylle aus dem süditalienischen Cumae, die kolossal auf ihrem Marmorthron hockte und ins Lesen vertieft war, derweil zwei Knaben ihr über die Schulter schauten. »In Träumen und Gesichten«, wiederholte sie noch einmal, und da sie auch nach längerem Schweigen dem nichts mehr hinzufügen wollte, flüsterte auffordernd ein kleiner Lockenschopf dem Propheten Jesaja ins Ohr, er sei jetzt wieder dran, worauf dieser in seiner Lektüre innehielt, das Buch zusammenklappte, den Finger aber noch drin stecken ließ.

»Jetzt pass mal auf, mein kleiner Genius«, meinte er in vertraulichem Ton, »ich bin immer dran, und das kannst du jetzt verstehen, wie du willst«. Dann, zu den anderen gewandt: »Ich sag euch was: die Neuen werden kommen in Begleitung von Cherubim und Seraphim, sie werden sich also einmischen mit Herz und mit Verstand, durch Zufall und durch Fügung.«

»Ich prophezeie dir Wein und Bier! – Das wäre Prophetie für dieses Volk!« spottete einer dazwischen. Jesaja aber fuhr fort:

»Ihr werdet es ja erleben, es wird wieder sein, wie es war: wer Ohren hat, zu hören, wird die Zeichen der Zeit verstehen. Die anderen werden weiter wie schwankende, müde und mächtige Gestalten sinnlos und ohne zu denken über die Erde schlurfen, und nicht erkennen, dass sie einem falschen Steuermann folgen. Wer aber klug ist, wird, wie damals auch, die wahren Prophetenworte aus dem Lärmen der Welt heraushören und – wird wieder den Engeln vertrauen.«

Leise hauchte die delphische Sibylle, deren scheuer Blick in andere, weit entfernt liegende Räume ging: »Sie werden durch Rätsel und Gesichte lenken, wenn mein Bruder Apoll …«

»Ach! Lebt der etwa noch?« unterbrach sie scheinheilig der langbärtige Sacharja und durchblätterte beiläufig ein ungebundenes Manuskript. Die beiden Knaben hinter ihm feixten.

»Chauvinist!« kommentierte abschätzig eine der Seherinnen Sacharjas Frage, bat dann eines der Kinder, die ihr dienten, das Licht in ihrem Rücken neu zu entfachen, damit sie weiterlesen konnte. Im Übrigen schien man von dem Alten nichts anderes gewohnt zu sein, der immer noch den Zeiten Serubbabels nachtrauert, als dieser den Wiederaufbau des Tempels vorangetrieben hat, während sein Prophet mit Hasstiraden gegen die Nachbarvölker zu Felde gezogen war.

Ganz anders reagierte Ezechiel. In einer heftigen Bewegung wandte er sich in Richtung Sacharja: »Die Zeit der Schmähungen ist vorbei«, sagte er laut und vernehmlich. »Die Menschen, die guten Willens sind, suchen, was verbindet, nicht, was trennt. Dann nämlich kommt wieder Fleisch an die Knochen!«

Gelegentlich spielte so der alte Seher seinerseits ganz nebenbei auf seine berühmten Visionen an, mit denen er sich vor Zeiten einen Namen gemacht hat. Wenig Notiz von den andern nahm die persische Seherin. Sie hörte schlecht, sah schlecht und las nur noch gelegentlich in ihrem Schicksalsbrevier, sagte selten etwas und diesmal, wie so oft, gar nichts.

Auch Jeremia, der große traurige Denker, drängte sich nicht in den Vordergrund. In sich versunken, den Ellbogen der Rechten auf dem Knie, den Kopf auf die Hand gestützt, so saß er da und schwieg. Würde man ihn zu einer Äußerung drängen, es wäre, wie so oft, ein Klagelied.

»Und wir hier oben?« Herausfordernd schaute Jesaja in die Runde. »Wir reden nur, träumen von alten Zeiten und sind voller Verachtung für fast alles, was heute passiert. Wie langweilig! Am Tag in der Erstarrung verharren, nachts wispern, raunen, reden. Immer nur reden!«

Er machte eine Pause. Als keiner darauf reagierte, fuhr er fort:

»Ich sag euch, auch wenn wir nur *al fresco*-Gestalten hier an dieser Decke sind, die man nach Jahrhunderten wieder frisch herausgeputzt hat – in uns lebt doch immer noch der alte Geist, beseelt vom Genius des Meisters. Also, reden ist gut, prophezeien aber besser. Lasst uns nicht nur reden, sondern wieder weissagen! Spielen wir doch auch wieder mit!«

Verständnisloses Schweigen in der Kapelle. Als erster reagierte Ezechiel: »Er ist übergeschnappt!«

»Freiwillig weissagen? Du willst doch nicht etwa …?« Jona war das Entsetzen ins Gesicht geschrieben.

»Er will sich mit den Mächtigen der Welt anlegen!?« Der alte Sacharja schüttelte fassungslos den Kopf.

Jeremia hatte die Augenbrauen hochgezogen und gab mit Stirnrunzeln zu bedenken: »Aber haben wir nicht prophetisches Reden längst verlernt? Und sprechen wir nicht längst auch eine andere Sprache?«

Jesaja antwortete: »Du hast Recht. Wir reden schon fast wie die da unten, die uns tagtäglich bewundern. Und das ist gut so.«

»Angenommen also, wir mischen uns wieder ein. Wie stellst du dir das konkret vor?« wollte eine der Sibyllen wissen. Diese Frage gefiel dem Propheten schon besser.

»Fingerübungen«, meinte Jesaja augenzwinkernd. »Wir beginnen mit Fingerübungen, schauen, was noch geht. Nach so langer Zeit. Wir suchen uns da unten ein paar Menschen aus – und ziehen dann die Fäden. Kleine Leute, gefangen in ihren banalen und belanglosen Zufallsalltäglichkeiten. Aber, wer weiß, auf ihre Weise ja vielleicht auch wieder große Leute.«

»Er ist völlig meschugge!«

»Und *woher* sollen sie kommen?«

»Wie ich's gesagt habe. Von da unten, aus dem Eintagstreiben. Aus der Menge derer, die sich tagtäglich unter uns durchwälzen, die hierher in die Sixtina kommen, um Michelangelos Kunst zu bewundern.«

»Warum dann eine Eintagsfliege? Giovanni soll es sein!« sagte mit Bestimmtheit die erithräische Sibylle.

»Der?«

»Ein Verrückter!«

»Ein Spinner!«

»Ein kluger Kopf!«

»Ein Irdischer, was willst du!«

»Einer, der ernsthaft versucht, uns zu ergründen. Giovanni gefällt mir!« mischte sich jetzt auch Daniel wieder ein. Ihm, dem ehemaligen Propheten des Herrn an den Ufern Babylons, stand noch immer der Wagemut ins kluge Gesicht geschrieben.

»Gar kein so schlechter Gedanke«, meinte auch Jeremia zustimmend.

»Ihr habt Recht, warum nicht Giovanni!« sagte Jesaja. »Bloß, wer dann noch außer ihm?«

»Warten wir es doch ab«, sagte die erithräische Seherin. Damit gab man sich einstweilen zufrieden.

»Sollen etwa alle sich versuchen?« fragte die persische Sibylle.

»Beileibe!« sagte Jesaja. »Ich schlage vor, zwei sollen es sein, eine von den Seherinnen, einer von uns Propheten. Und das Los soll entscheiden.«

Als dies beschlossen war, kehrte wieder Ruhe ein. Die Bücher der Weissagungen wurden zu Rate gezogen, es wurde gelesen und das Gelesene bedacht, versunken saß der eine, den Blick nach oben gerichtet der andere. Und so, als lauschte sie erwartungsvoll der Botschaft des Gottes aus großer Ferne, saß die delphische Seherin und erschrak, als plötzlich ein kleiner Knabe vor ihr stand.

Denn Jesaja hatte inzwischen die beiden Kinder, die sich hinter ihm balgten, gebeten, zwei Namen aus der dargereichten Schale zu ziehen und sie den Betreffenden zu reichen. Nachdem jeder der beiden also eine Karte gezogen hatte, rannten sie los, der eine zum Propheten Daniel, der andere zur delphischen Sibylle.

»Ausgerechnet die!«

»Sie faselt!«

»Redet wirres Zeug.«

»Will der Menschen Unglück!«

»Hört auf!« fuhr Jesaja energisch dazwischen, worauf die Lästerzungen wieder verstummten.

»Jeder soll auf seine Art und Weise prophezeien. Nicht die Worte, sondern die Wirkung, die sie tun, soll entscheiden!«

Die Pythia saß währenddessen regungslos und still lächelnd da und sagte kein Wort. Daniel musterte sie von der Seite. Mit ihr also hätte er sich zu messen. Man kannte sich. Seit Jahrhunderten kennt man sich und bleibt sich doch ein Rätsel. Zu widersprüchlich, was von ihr überliefert ist. Doch wer von uns hätte sich bei seinem Tun nicht schon in Widersprüche verstrickt?!

Jeremia räsonierte nachdenklich in die Runde hinein:

»Wenn man es recht bedenkt, so hat sich nichts geändert. Heute wie damals wandeln die Menschen über die Erde. Suchen ihren Weg, verirren sich, straucheln, lassen sich verleiten, laufen falschen Propheten nach, fallen auf die dümmsten Horoskope herein, verlieren ihr Leben oder verteidigen es mit Gewinn, finden gelegentlich ihr Glück, bleiben aber meist doch nur Verlierer.«

»Schön und gut«, erwiderte die erithräische Seherin, »es ist der Weltlauf. Aber wir kennen Mittel und Wege. Und können sie nutzen! Und zählen nicht von ungefähr zu den Erwählten hier in dieser Kapelle. Die Götter lieben es spielerisch! Die Zeit der Erdenschwere ist für uns vorbei. Auch wenn nie ein Mensch von unserem Tun je erfahren wird, so haben wir doch uns selbst gegenüber einen guten Ruf zu verteidigen.«

Die delphische Sibylle lächelte in sich versunken. Ein rätselhaftes, ein zauberhaftes Wesen, dachte Daniel, der vergeblich versuchte, sich eine Strategie zurechtzulegen.

Plötzlich meldete sich die libysche Sibylle zu Wort: »Bevor ihr mit dem prophetischen Spiel beginnt, müsst ihr aber, wie es Brauch ist, euch gegenseitig einen Wunsch erfüllen.«

Daniel hob den Kopf. Regungslos saß die Sibylle und schaute auf den Propheten, als wolle sie seine Gedanken lesen, forderte ihn dann leise lächelnd auf, seinen Wunsch zuerst zu äußern. Daniel überlegte noch einmal kurz und bündig: wenn bestenfalls Verlieren und Gewinnen sich die Waage halten, so will ich wenigstens, dass Giovanni, wenn wir ihn schon ausgewählt haben, nicht zu den Verlierern zählt, will ihm also den rechten Weg weisen. Er schaute in die Runde, dann zur delphischen Sibylle und sagte:

> »Erlaube mir, dass ich mich um Giovannis Wohlergehen kümmere, ihm also im Verborgenen mit Rat und Tat zur Seite stehe.«

»Dein Wunsch sei dir gewährt«, sagte mit dem immer gleichen leisen Lächeln die Sibylle und fuhr fort: »Jetzt höre meinen Wunsch. Er lautet:

> Versprich mir, dass Giovanni schweigt, wenn wahr ist, was das Orakel mir eingibt. Sollte Unwahres aber aus meinem Munde fließen, so soll er, was er über uns weiß, weitererzählen.«

»Versprochen«, sagte der Prophet ohne Zögern.

Die Spannung in der nächtlichen Sixtina erreichte ihren Höhepunkt, als Jesaja die beiden nun aufforderte, prophetische Worte zu sprechen, so sie solche hätten. Als Daniel sah, dass die Sibylle noch nichts sagen wollte, erhob er sich und sprach:

»Jesaja hat Recht, keiner hat mehr Ahnung als Giovanni. Er läuft ja geradezu über vor angesammeltem Wissen über jeden einzelnen von uns. Und waren es nicht die Kirchenleute, die Theologen in gesicherter Position und gutbeheiztem Papstpalast, die ihm vor Jahr und Tag den Mund verschlossen haben? Deshalb sage ich jetzt, was ich sehe:

> Weder Jahre noch Monate noch Wochen werden vergehen, sondern nur noch wenige Tage, da wird Giovanni den Mund aufmachen und wird über uns sprechen, wird, was er weiß, denen anvertrauen, die ihm dieses Wissen abverlangen.«

Kaum hatte Daniel geendet, da wandte sich die Sibylle dem Propheten zu, richtete ihren Blick auf ihn, öffnete leicht den Mund und sprach mit leiser, doch deutlich vernehmbarer Stimme:

»Weder wirst du ihm den Mund verbieten, noch wird das Glück von zwei sich Suchenden dir am Herzen liegen.«

Ratloses Schweigen in der Runde. Verwirrung machte sich breit. Hatte da einer verstanden, was sie sagen wollte?

Daniel schaute angestrengt, war verblüfft.

»Raffiniertes Luder!« zischte kaum verständlich die uralte Sibylle aus Cumae, wischte sich über den Mund, grinste vor sich hin und schloss wieder ihre in tiefen Höhlen liegenden Augen.

Alle Wege führen nach Rom

Der Rhythmus tat gut. Das gleichmäßige Rattern der Räder. Das Tempo durch die Nacht. Markus lag allein im Schlafwagenabteil. Ließ den Tag Revue passieren. *Alle Wege führen nach Rom.* Das war so ein Satz seines Vaters, wenn der nicht mehr weiter wusste. Mit diesem Satz hatte Markus am Morgen sein unrasiertes Spiegelbild beim kurzen Begrüßungszeremoniell vor dem Badezimmerspiegel überrascht. Denn mit diesem Satz war er aufgewacht. Restbestand eines ansonsten verloren gegangenen Traums. Kaum zwei Stunden später, auf dem Weg zur Arbeit, war ihm exakt dieser Satz dann ein zweites Mal an diesem Morgen begegnet, im Schaufenster eines Reisebüros.

Markus hatte schlecht geschlafen. Andere würden das auf das Wetter schieben oder den Vollmond oder die Sterne. Oder sie würden ihre Malaise sonstwie kosmisch oder biorhythmisch zu deuten versuchen. Dem Astrophysiker aber verbieten sich solche Erklärungsversuche. Sein Weltbild war kausallogisch. Klar, er war ein Sterngucker, er liebte dieses Wort geradezu, aber er war es auf wissenschaftlich gesichertem Terrain. Sah sich auch gern als Abenteurer, wollte forschen, finden, aber nichts erfinden. Science, aber eben ohne fiction, den Blick ins Universum, ja, mit Begeisterung, aber gefälligst auch mit Bodenhaftung. Wenn Markus in den Himmel schaute, war es der Blick in einen Himmel ohne Zauber. An diesem Morgen aber schaute er in den Badezimmerspiegel, und der war ohne Gnade. Dann ging sein Blick zur Badezimmertür, an der eine Riesenpostkarte hing, eine Fotocollage, die ihm die Kollegen zu seinem 33. Geburtstag gemalt und geklebt hatten, wie er aus dem Fenster der Landessternwarte auf dem Königsstuhl in den Himmel schaut, mit Dreitagebart und einer Gauloise im Mundwinkel. Der Himmel über ihm hing voller Formeln, augenzwinkernde Reminiszenz an seine Forschung, an das hoffentlich bald vollends fertiggestellte Projekt. Unter dem Bild stand: *Unser Indiana Jones im Astrolab.*

Nein, die miese Nacht und jetzt die schlechte Laune hatten keine kosmischen, sondern ganz und gar terrestrische Gründe. Und die waren keineswegs schwer auszumachen. Zuerst, nachmittags, einmal mehr eine dieser unsinnigen Diskussionen mit seinem Professor, okay, er mag ja fachlich eine Koryphäe sein, aber vor allem ist er ein sturer und egozentrisch – monomaner Tyrann. Und dann der verkorkste Abend! Denn kaum war er nach Hause gekommen, wurde aus dem Knatsch mit Claudia wegen irgendwelcher Lappalien wieder einmal ein handfester Krach. Und das war's dann schon. So einfach ist das. Und der beste Montepulciano wird Essig, macht den Magen sauer, vergällt den Schlaf, frisst sich in die Träume. Mit Kopfweh war er aufgewacht. Als Strandgut der Nacht war einzig dieser Satz übriggeblieben: *Alle Wege führen nach Rom.* Ein Satz, der ihm schon als Kind geläufig war, eine ständig wiederkehrende Redewendung des Vaters, ein wenig banal, mag ja sein, aber auch wieder nicht ganz schlecht, ein Satz für fast alle Fälle, besser: Kalamitäten. Manchmal passend, manchmal eher weniger, aber er klang immer wieder aufs Neue gut, hatte was beruhigendes, Hoffnung schöpfendes. »Verlier die Nerven nicht!« wollte sein Vater damit vielleicht sagen, »wenn der eine Weg nichts taugt, probier's mit einem andern. Irgendwie kommst du allemal ans Ziel.« Ein Satz für die ganze Familie. Man könnte ihn an diesem Morgen unter Umständen als kleines Trostangebot verstehen. Kaum zwei Stunden später war ihm ausgerechnet dieser Satz dann im Schaufenster eines Reisebüros wiederbegegnet, was ihn immerhin schon etwas aus der Fassung brachte. Und nur ein paar Minuten später hielt er dann noch als Wechselgeld vom Zeitungskiosk eine 5 Cent Münze mit dem Römischen Kolosseum in der Hand. Ein italienisches Geldstück, das Markus' Gedanken Richtung Rom lenkte.

Mitten im eiligen Gedrängel der Bushaltestelle war er, Doktor der Astrophysik, wie angenagelt stehen geblieben, schaute wie aus der Zeit gefallen auf die Münze. Moment mal, dachte er, das ist dreimal Rom. Heute Morgen der Traumrestsatz *Alle Wege …*, dann, kaum zwei Stunden später, im Schaufenster des Reisebüros, noch einmal dieser Satz auf dem Plakat, das da gestern noch nicht hing, wäre ihm auf alle Fälle aufgefallen, schließlich war es ja nicht irgendein Satz, sondern eben einer von Pa's Lieblingssätzen, und drittens jetzt noch die italienische 5 Cent Münze.

Markus überlegte. Entweder ich erklär mich jetzt für nicht ganz gebacken und bring mich in therapeutische Überwachung, Claudia würde sich da sicher sofort behilflich zeigen, ich habe es geahnt, würde sie sagen oder doch zumindest denken. Oder, die andere Möglichkeit, ich spiel' mit. Dann würde ihn Claudia wahrscheinlich erst recht für verrückt erklären, wäre ja vielleicht sogar in Ordnung, dachte er, allein schon, wenn sie ihn beobachten könnte, wie er hier am Straßenrand steht und mit sich selbst redet.

Und gerade deshalb hielt er diese andere Möglichkeit jetzt eindeutig für die bessere. Markus wollte mitspielen. Ein bisschen Zauber ins Dasein bringen, seinen ›private Harry Potter‹ spielen, hinüberwechseln auf irgend so ein anderes Gleis, unsichtbar werden, für ein paar Tage wenigstens. Also war passiert, was er selber nie für möglich gehalten hätte. Er sprang über den eigenen Schatten, schon um Claudias Besserwisserei Lügen zu strafen, nach allem, was letzte Nacht vorgefallen war. Markus hatte also nicht wie sonst den Bus genommen, jeden morgen den gleichen Bus zur gleichen Zeit, um ins astrophysikalische Institut zu kommen, um dort nach Galaxien zu suchen, die sich am Rand des Universums befinden und deren Alter ihrer Entfernung in Lichtjahren entspricht, sondern war das kurze Stück zurück zu selbigem Reisebüro gelaufen, um zu buchen: ›Sonderangebot Ewige Stadt. 14 Tage Rom für den Preis von 10.‹

Hatte nicht gestern erst Claudia ihm wieder mal klar zu machen versucht, dass er »halt mal ein paar Tage allein wegfahren« soll, »halt mal ausspannen« soll, sich »ruhig mal Wellness gönnen« soll? Aber er würde es ja eh nicht tun, obwohl er ganz genau wüsste, dass es ihm gut täte. Und da der seit langem geplante gemeinsame Urlaub jetzt halt kurzfristig doch nicht zustande käme, zumindest verschoben werden muss, wegen eines dringenden Großauftrags, dessen Abschluss sich verzögert hätte, wäre das doch die beste Idee. Claudia hatte nur beste Ideen. Claudia hatte inzwischen nur noch Großaufträge, Claudia war Miss Pre-Vision, und seit die Software-Firma an der Börse gehandelt wird, weiß man schließlich, was man wert ist.

»Aber ich verspreche dir, wenn diese Geschichte abgeschlossen ist, dann! …« hatte sie noch hinzugefügt.

»Und wann wäre das?«

»Keine Ahnung, nicht mal Chris kann es abschätzen.« Chris war ihr Boss. Chris war wichtig. Chris war Mister Pre-Vision.

»Aber du, fahr du doch!«

›Sie sagt es, als wolle sie mich los werden‹, hatte Markus gedacht, und mit mehrdeutiger Betonung ergänzt: »Ach so, Chris!« Und so hatte der Wortwechsel seinen Lauf genommen, aus dem Traum vom gemeinsamen Urlaub wurde der Knatsch im Horrorladen Feierabend, samt Krach und Zoff, wie er wohl in jungdynamisch gutsituierten Kreisen doppelt verdienender, eheähnlich gestalteter Partnerschaften mit getrennten Adressen von Zeit zu Zeit zum guten Ton gehört. Als ein »Psychodrama für Laienspieler« hatte er Claudia gegenüber den Abend analysiert, was dann auch nicht gerade zur Befriedung beigetragen hat, sondern eher zu einer psychodramatischen Steigerung neuen, bislang noch unbekannten Ausmaßes. Und Markus unterließ es auch nicht, Claudias Überlegenheit bei solchem Theater unmissverständlich neidlos anzuerkennen. Schließlich dürften jahrelanges Training und die Stunden beim Therapeuten ja auch nicht spurlos an ihr vorübergezogen sein.

›Okay‹, redete Markus weiter mit sich selbst, ›wenn ich spielen soll, dann spiel ich eben. Wenn das alles Zeichen gewesen sein sollen, dann waren es die Zeichen der Zeit. Woher auch immer solche kommen. Zeichen des Himmels oder der Götter, völlig egal. Zeichen eben. Ich probier ein neues Spiel aus, kein Psychoknatsch-Mensch-ärgere-dich. Sondern das neue *Alle Wege führen nach Rom*-Spiel. Auf Zeit, immerhin für zwei Wochen. Neue Spielregeln, Zeichen beachten, dann den richtigen Zug tun. Apropos Zug. Abfahrt Heidelberg Hauptbahnhof 18 Uhr 32. Mit dem Schlafwagen über Basel, Mailand, Bologna. Nach Süden. Richtung Wein, Richtung Alleinsein, weg vom Genörgel. Ankunft morgen früh in Roma Termini 9 Uhr 15.‹

Viel Zeit zur Vorbereitung war wahrlich nicht geblieben. Im Institut hatte er sich telefonisch abgemeldet. Dann die Wohnung dicht gemacht und den Koffer gepackt. Für alle Fälle Vaters alten Rom-Baedeker. Wer sollte die Blumen gießen? Nein, Claudia kam nicht in Frage, das haben sie nicht verdient, besser: Frau Schöngart, die Nachbarin. Sie würde auch die Post reinlegen. Und sie wird sich über eine Flasche Olivenöl freuen, extra vergine. Sogar ans Abbestellen der Zeitung hatte er noch gedacht, für die nächsten zwei Wochen. Irgendwer müsste Bescheid wissen. Also hatte er seinen Vater angerufen, der aus allen Wolken fiel, anschließend Phil, der es erst nicht glauben wollte, dann aber verständnisvoll zur Jahrhundertidee gratulierte. Philipp war der Lieblingskollege, und eigentlich fast schon ein Freund. Auf alle Fälle war auf ihn Verlass. Und für Claudia eine E-mail: »Werd mir mal eben für zwei Wochen meinen Kosmos durchlüften, ist doch sicher ganz in deinem Sinne. Du siehst, ich bin lernfähig. Ciao, und grüß mir das Projekt!« So ähnlich hatte er es formuliert. Dann war er offline gegangen. Mindestens zwei Wochen offline.

Der Rhythmus tat wirklich gut. Das gleichmäßige Rattern der Räder. Alleinsein ist fein, dachte er und frischte sein Italienisch auf. *Chiusura notturna* heißt Nachtverriegelung. *Non gettare alcun oggetto dal fenestrino.* Klar! *Freno d'emergenza. Tirare la maniglia solo in caso di pericolo.* Keine Sorge, habe meine persönliche Handbremse bereits gezogen. Jetzt nimmt das Tempo erst recht zu. *E pericoloso sporgersi.* Er sprach alle Sätze leise vor sich hin. Versuchte den italienischen Tonfall wieder zu finden. Schließlich hatte er mit elf ein ganzes Jahr in Rom verbracht. Dank Vaters Firma, die es so wollte, für die ganze Familie. Später nannten ihn die Klassenkameraden »Italiano«. Ein bisschen Neid schwang da mit, aber er trug es mit Fassung. Immerhin war er der einzige in der Klasse, der italienisch konnte.

Und seine Mutter sagte zu ihrem Mann »typisch Römer«, was selten freundlich gemeint, aber, wer weiß, ja trotzdem ganz passend war.

Im Nachbarabteil war gute Stimmung, es klang nach Rucksacktouristen. Musik aus dem Kassettenrecorder. *You, Angel, you, you got me under your wings, the way you walk, the way you talk …* War das nicht der alte Dylan?

Markus kaufte dem Schlafwagenschaffner ein Bier ab. Wohl das letzte für ’ne ganze Weile. Es war viel zu teuer und es war warm. Aber es war ihm so was von egal. Er trank es mit Begeisterung. Und legte sich schlafen. Im Rhythmus der rollenden Räder wünschte er sich eine gute Nacht.

»Domani Roma.«

Rom. Sixtina. Nacht.

»Wir sehen kommen.«
»Uns entgegen.«
»Die Räder rollen.«
»Andere greifen ineinander.«
»Gut!«
»Und wie weiter?«
»Schritt für Schritt.«
»Wer ist's?«
»Wir werden sehen.«
»Was wird er hören?«
»Kein Wort.«
»Wie dann?«
»Er wird sehen. Lernen, zu sehen.«
»Sein Lehrer?«
»Giovanni.«
»Was wird er tun?«
»Wird sich zeigen.«
»Der Webstuhl webt.«
»Und das Muster?«
»Es entsteht beim Weben.«

Vereinzelte Worte nur noch, bis jeder wieder in seine gewohnte, ihm zugeteilte Haltung zurückfand.

Dann Ruhe. Kein Laut mehr war zu hören. Die aufsteigende Morgendämmerung hatte das nächtliche Palaver endgültig zum Schweigen gebracht.

Alles schlief, einer wachte und zermarterte sich das Hirn. Daniel, der Prophet, saß da an seinem Platz wie ein Häuflein Elend, die Stirn heftig in Falten gelegt. Er wusste nicht, ob er die delphische Seherin verfluchen oder doch eher bewundern sollte. Vielleicht sowohl das eine wie das andere. Seit Stunden nun schon saß er so da und rätselte. Wie sollte er die Wünsche und die Orakel zusammenbringen, auf einen Nenner bringen, wie das gegebene Versprechen halten und dennoch seine Prophezeiung wahrmachen? Er notierte, malte, kritzelte an seinem Schreibpult, bis ihm der Griffel vor Übermüdung aus der Hand fiel und der Schlaf ihn übermannte.

Ankunft in Rom

Der Zug war pünktlich. Die Luft roch nach Süden, nach Großstadt und großer Freiheit. An der Piazza de Cinquecento/Ecke Via Cavour trank Markus unter den Arkaden einen Caffè im Stehen, aß dazu ein Cornetto, Frühstück alla romana. Von dort fuhr er mit der Nummer 64 über die Piazza della Republica durch die Via Nazionale bis zum Hotel. Es befand sich im zweiten Stock eines alten Palazzo und verströmte den diskreten Charme vergangener Jahrhunderte. Ein Aufzug aus Holz und Eisen und mit Scherengittertür brachte jeden Gast einzeln in die Höhe. Auch das Zimmer bestand aus einem gewagten Stilmix, er nahm es gelassen zur Kenntnis, hier würde er sich eh nicht aufhalten wollen, zum Schlafen allemal gut genug. Dann wieder raus auf die Straße, über den Platz. Er ging, rannte fast, ging viel zu schnell, bis nach und nach Ruhe über ihn kam und er erleichtert durchatmen konnte. Markus lehnte sich gegen die wohlige Wärme der Morgensonne. Um ihn die Nervosität der zur Arbeit hastenden Menschen. Alle waren wie wahrscheinlich jeden Tag zu spät dran, hetzten mit Taschen unterm Arm und Handys am Ohr über den Asphalt, schlängelten sich mit Geschick durch die ohrenbetäubend laut ratternden Mopedströme, vorbei an Händlern, die ihre Waren auf den Marktständen ausbreiteten und auf die erste Kundschaft warteten. Je eiliger es alle um ihn herum hatten, desto ruhiger wurde er, schaute, beobachtete, staunte und stand im Weg. Und genoss es. Wenn schon alle Wege nach Rom führen, wohin führen dann die in dieser Stadt? Mal sehn, dachte er, es spielt schließlich keine Rolle, lassen wir uns überraschen. Er ging über den Ponte Umberto I., dann dem Ufer des Tiber entlang, an der Engelsburg vorbei Richtung Petersplatz, ließ diesen links liegen und spazierte weiter, durch eine von Touristenläden gesäumte Straße, beobachtete die vielen Menschen, die sich hier vor allem gruppenweise vorwärtsbewegten, die offensichtlich fremd waren in dieser Stadt, und die immer zahlreicher wurden, bis er plötzlich in einer Schlange stand, umzingelt von fernöstlich schnatternden Touristinnen, warum auch nicht Schlange stehen, dachte er, wird sich schon lohnen. Das Souvenir-Angebot der fliegenden Händler ließ immer eindeutiger auf die Vatikanischen Museen schließen. Besser hätte es gar nicht laufen können, dachte Markus, als er schließlich an der Kasse stand und eine Eintrittskarte kaufte.

»Im Grunde ist die Sixtina ein Schauspielhaus«, sagte sie mit einer wunderbar sonoren Stimme zu ihrer Begleiterin. Markus blieb unauffällig stehen und spitzte die Ohren, schaute an die Decke.

»Dramen, Tragödien, sogar Komödien werden gegeben, zeitgleich. Sie drängen sich auf, warten gar nicht erst, bis die Augen endlich schauen, lesen und dann vielleicht zu verstehen beginnen. Du hast den Eindruck, sie befallen dich, dringen in den Betrachter ein, ergreifen ihn. Michelangelo hat inszeniert, er ist für mich der genialste Choreograph der großen Mythologien, ein grandioser Schöpfer!«

Aha, Kunststudentin, dachte Markus und ließ den Blick nicht mehr von der Decke, und beim allgemeinen Gedränge fiel es auch nicht weiter auf, dass er den Ausführungen der beiden Italienerinnen folgte, die aus ihrer Begeisterung für diese Kapelle keinen Hehl machten und ihm nichts ahnend auf diese Weise Michelangelos grandioses Deckenfresko erklärten.

»Er ist eben der Bildhauer, es ist die Arbeit eines Skulpteurs und, wie man jetzt weiß, die eines Farbgenies. Jede Gestalt hat er durchlitten, ihr Schicksal ausgelotet, zu Präsenz und Mitspiel befreit, und schau dir das an: er hat sie hier an dieser Decke al fresco ins Leben gerufen. Und genau da liegt der Unterschied zu den zahllosen Illustratoren, die sonst überall die Kirchenwände vollgepinselt haben. Das meiste mag ja ganz manierlich sein, aber es sind eben nur malende Prediger. Dieser Michelangelo war ganz anders. Ein Magier, ein demütiger Meister, der jede Gestalt zur eigenen Persönlichkeit reifen lässt und ihr so zu einem individuellen Auftritt verhilft.«

»Tante grazie, ho imparato moltissimo!« sagte Markus und war ganz erstaunt, wie flüssig ihm sein Italienisch doch noch von der Zunge ging.

Die beiden Italienerinnen schauten sich verwundert um und lachten, »non c' è di che!« – und gingen weiter.

Als Markus geraume Zeit später wieder ins Freie trat, blendete ihn die Spätnachmittagssonne. Er überquerte die Viale Vaticano und wollte die Treppen zur Via Tunisi hinunter, als er dort den beiden jungen Frauen aus der Sixtina wieder begegnete.

»Darf ich mich mit einem Caffè revanchieren?«

Die beiden tauschten kurz Blicke aus, dann antwortete die eine der beiden: »Warum nicht?«

»Ich heiße Markus.«

»Elisabetta.«

»Lina.«

»Ah! Ein Tourist, der italienisch spricht?«

»Ist das so selten?«

»Na ja, alle Touristen sagen ›prego‹ und ›grazie‹, aber zu mehr reicht es bei den meisten nicht.«

»Prego«, fragte der Kellner, der es eilig zu haben schien.

»Per favore, un caffèlatte.«

»Due!«

»Tre!«

»Wo waren wir stehen geblieben?« fragte Elisabetta. Eine resolute Erscheinung, ein Kumpel zum Pferdestehlen, dachte Markus und warf seinen Blick so unauffällig wie möglich auf Lina, die Zurückhaltendere der beiden, und mal wieder, verdammt noch mal, eine von der Sorte ›Sowas-krieg-ich-eh-nie‹. Nachdem sie in der Sixtina das Wort gehabt hatte, wollte offensichtlich jetzt Elisabetta das Sagen haben.

»Ja genau, wir wollten wissen, wieso ein Tourist italienisch spricht, aus welchem Land er kommt,

Amerika scheidet aus, vom Akzent her, und warum er in Italien ist, ob er allein ist, was er sonst macht und …«

»… und ob er weiß, was Grappa ist, ob er Grappa mag, denn das will Elisabetta auf alle Fälle und von jedem, den sie trifft, möglichst bald erfahren«, mischte sich Lina amüsiert ins Gespräch.

»Dann hätten wir ja Gesprächsstoff für mehrere Stunden«, sagte Markus, fand sich mit dieser Bemerkung aber nicht sonderlich geistreich.

»Ich tippe auf Holländer«, sagte Lina. »Oder noch nördlicher?«

Markus musste grinsen.

»Weder noch!« sagte Elisabetta, »vom Aussehen her fast Hollywood, aber vom Akzent und Brillengestell her doch eher altes Europa.«

»Hey«, sagte Markus, der sich eine Gauloise angezündet hatte, »echt spannend, bitte weitermachen. Bin sowieso auf der Suche nach einem neuen Image.«

Die beiden Italienerinnen lachten. »Na dann«, sagte Elisabetta, »dann bleibt wohl wieder mal nur ein Tedesco übrig.«

»Das klingt ja überschäumend vor Begeisterung. Wäre es denn so schlimm?«

»Sehr schlimm!« meinte Elisabetta, »sie trinken Latte Macchiato auch nach halb 12 morgens, und gleich anschließend einen Prosecco.«

»Cara, mach halblang! Du hast schließlich keinen Grund dich zu beklagen. Auch die Deutschen haben inzwischen den Grappa entdeckt!« Und zu Markus gewandt fügte sie hinzu: »Sie müssen wissen, Elisabetta kommt aus Udine, der Hauptstadt des Grappa, dort brennt ihr Papa einen edlen Schnaps aus der sehr seltenen friulanischen Picolit-Traube in limitierter Auflage.«

»Mama mia, Lina, hätte nie gedacht, dass du dir das alles merken kannst!« sagte Elisabetta mit übertriebener Bewunderung in der Stimme. »Glaub bloß nicht, dass ich deine Vorlesung über Michelangelo ebenso präzise wiedergeben kann!«

»Immerhin verdanken wir ihm, dass wir jetzt hier sitzen«, sagte Markus. »Und Sie haben Recht, ich komme aus Deutschland, und kann leider weder bei Grappa noch bei Michelangelo mitreden. Aber ..., was würde denn die Stunde Nachhilfeunterricht kosten?«

»Unbezahlbar!« sagte Elisabetta frech und lachte. »Oder was meinst du, Lina?«

Lina lächelte unentschieden.

»Sagen Sie uns lieber, bei welchem Thema Sie mitreden können!«

Der Kellner kam, stellte die Getränke auf den Tisch. Markus hatte im Moment wenig Lust auf Tiefgang und überlegte kurz, was sich zum Smalltalk eignen könnte. Er schaute auf die Straße, als ob von dort eine Idee zu erwarten wäre. Und sie kam. Ein paar junge Leute nahmen erschöpft ihre Rucksäcke vom Rücken und stellten sie neben sich an den Straßenrand.

»Gute Frage, schwer zu sagen, ich bin hauptberuflich Rucksacktourist«, sagte er.

»Sie? Rucksacktourist?« Lina schaute leicht amüsiert. »Das glaub ich nicht!«

»Ich hätte eher auf Broker getippt oder New Economy oder so was«, sagte Elisabetta und, zu Lina gewandt: »Stimmt's oder hab ich Recht oder was meinst du?«

»Forscher«, sagte Lina, so, als ob es die klarste Sache der Welt wäre.

»Wie kommst du denn da drauf?«

»Die Brille, und außerdem: Wer so neugierig ist …« Mitten im Satz hielt sie inne und musterte herausfordernd ihr Gegenüber. Markus räusperte sich verlegen.

»Rucksacktouristen müssen sehr neugierige Leute sein«, meinte er mit ernster Miene und fügte hinzu: »Aber jetzt sehen Sie ja selbst: mein Image stimmt nicht!«

Lina lächelte und meinte mit gut gespieltem Mitgefühl: »Verstehe. Immer unterwegs, ohne Zuhause, klar, da muss einem die Identität ja flötengehen, der Himmel als einziges Dach über dem Kopf.«

Und Elisabetta fügte hinzu: »Mir wäre das viel zu einsam.«

»Aber die Sterne weisen mir den Weg«, sagte Markus mit Pathos in der Stimme.

»Oh! Jetzt weiß ich's, ein Sterngucker!« sagte Elisabetta, »das ist ja phantastisch, dann kennen Sie die Sternbilder?«

»Nichts besser als das!«

»Also ein Sterngucker.«

»Wenn Sie so wollen …«

Lina schaute Markus seltsam amüsiert an.

»Eher astronomisch oder mehr astrologisch?«

»Na ja, wenn schon, dann doch eher astronomisch«, meinte Markus.

»Dann können wir ja über unsere Zukunft reden, die in den Sternen steht«, sagte Elisabetta.

»Cara! Blamier dich nicht!« sagte Lina, und zu Markus gewandt: »Verraten Sie uns doch lieber, weshalb ein Deutscher so gut italienisch spricht.«

Markus schien erleichtert über den plötzlichen Themenwechsel.

»Weil gelegentlich ein deutscher Junge mit Papa und Mama und kleiner Schwester für ein Jahr nach Italien darf, wenn der Papa von seiner Firma nach Rom beordert wird.«

»Bravo«, sagte Elisabetta, »dann waren Sie ja schon mal Römer!«

»Römer auf Zeit, genau gesagt. Und wenn es mir wieder hilft ...«

»Was soll es helfen?«

»Dass ich für die nächsten zwei Wochen so richtig wieder eintauchen kann in diese Stadt.«

»Sie haben ein Glück!« sagte Elisabetta, »und ich muss morgen schon wieder in den Norden.«

»Dann werden Sie ja sicher noch mehr Zeit für die Kunst haben«, sagte Lina, die bislang wenig zum Gespräch beitrug und doch in der Sixtina so viel über Michelangelo zu sagen wusste.

»Keine Sorge, ich werde auch ganz sicher noch mal die Sixtina besuchen! Jetzt, wo Sie mir für Michelangelos Kunst die Augen geöffnet haben. Diese Decke mit den Fresken ist wirklich einmalig. Deshalb konnte ich plötzlich auch gar nicht anders und musste Ihnen einfach zuhören. Im Hinausgehen fiel mir ein, irgendwer hat mal gesagt, ›man sieht nur, was man weiß.‹«

»Das war Goethe«, sagte Lina.

»O Mann, wie peinlich, hätte ich wohl wissen sollen! Wie lange beschäftigen Sie sich schon mit Michelangelo?«

»O la, eine lange Geschichte, er gehört seit meiner Kindheit sozusagen zur Familie.« Lina lächelte.

»Sie weiß alles über ihn!« mischte sich Elisabetta ein, »wenn sie will, kann sie stundenlang über ihn reden, als hätte sie ihn persönlich gekannt, womöglich früher mit ihm gelebt, als seine Assistentin oder noch besser als seine Geliebte.«

»Das ganz sicher nicht, er war viel zu kompliziert. Außerdem, glaube ich, hätte er die Perfektion, die er seinen Gestalten verlieh, auch von einer Geliebten gefordert.«

Markus schaute voller Bewunderung auf Lina. Sie hatte tiefbraune Augen, langes, dunkelblondes Haar, das ihr leicht auf die Schulter fiel, sie trug ein weißes T-Shirt, darüber eine dunkelblaue Jeansjacke. Am liebsten hätte er gesagt: ›Aber Sie sind doch perfekt!‹ Für den Bruchteil einer Sekunde begegneten sich ihre Blicke. Lina schlug die Augen nieder, fuhr dann fort:

»Manchmal hab ich den Eindruck, dass ich ihn überhaupt noch nicht kenne, fast nichts von ihm weiß. Immer neue Fragen tauchen auf. Vielleicht lässt er mich deshalb nicht los.«

»Ich vermute mal, Sie studieren Kunstgeschichte?«

»Sie vermuten richtig, und ich schreib gerade meine Diplomarbeit.«

»Über Michelangelo, wie ich weiter vermute.«

»Schon wieder richtig vermutet.«

»Und danach wird sie über ihren Michelangelo promovieren, so wahr wir hier sitzen«, mischte sich Elisabetta wieder ein, »während ich dann immer noch Papas Grappa vermarkten werde und mir jedes Mal, wenn wir uns wieder sehen, noch dümmer vorkomme.«

»Hör auf mit dem Quatsch!« sagte Lina lachend und fuhr sich mit der Hand durch das Haar. Das eine ist so gut wie das andere. Egal, was du tust, wichtig ist, dass du deinen Job gern machst. Dann machst du ihn auch gut. ›Wenn deine Arbeit darin besteht, die Straße zu fegen, dann fege sie so, wie Michelangelo malte, Shakespeare Gedichte schrieb und Beethoven komponierte‹, hat Martin Luther King mal gesagt.«

»Molto bene! Dann soll ich also Grappa verkaufen wie ein Genie«, sagte Elisabetta. »Ich glaube, du bringst mich da auf eine Idee!«

»Ja, genau so! Dein Grappa hat das verdient«, sagte Lina, »genauso wie Michelangelos Gestalten.«

»Sie treten ja wirklich, wie Sie es formuliert haben, sie treten ja wirklich in den Raum«, sagte Markus, »man hat den Eindruck, sie kommen einem entgegen, wollen sich einmischen. Fehlt nur noch, dass sie den Mund aufmachen und zu reden beginnen.«

Lina lächelte und antwortete mit einem vielsagenden »Wer weiß?«

»Das wäre dem Papst aber sicher gar nicht lieb!«

meinte Elisabetta spöttisch und bewies damit ihren Blick fürs Reale. Und zu Lina gewandt fügte sie hinzu: »Hast du schon auf die Uhr geschaut?«

»Dio mio!« Die beiden erhoben sich.

»Genießen Sie Ihre Romreise!«

»Das werde ich. Vielen Dank schon mal für den gelungenen Einstieg! Vielleicht noch, ganz schnell: Haben Sie einen Geheimtipp, wo man abseits vom Touristenrummel gut und richtig römisch essen kann?«

»Claro«, sagte Lina ohne Zögern, »versuchen Sie es bei *Alfredo*, mitten in der Altstadt. Leicht zu finden. Wir sind dort fast Stammgäste.«

»Oh! Dann, dann sehen wir uns ja vielleicht wieder?« Markus warf bei dieser Frage einen Blick auf Lina. Lächelnd erwiderte sie den Blick und sagte: »Que sera?«

»Vor allem«, sagte Elisabetta eifrig, »müssen Sie dort nach dem Essen an der Bar einen Aquavite d'uva verlangen, am besten eine Riserva di cent' anni.«

»Ja, und wenn schon, dann trinken Sie zum Essen einen Rotwein vom Castello Vecchie Terre«, fügte Lina hinzu. »Sie werden sehen, man wird Sie sofort mit besonderer Beachtung behandeln!«

Markus bedankte sich, schaute den beiden nach und gab dem Kellner ein Zeichen, um zu bezahlen.

Vielleicht doch nicht so schlecht, dass mein Italienisch noch funktioniert, dachte Markus, als er jetzt eher gemächlichen Schritts durch den Borgo Vittorio flanierte. Die beiden Italienerinnen hätte er sonst sicherlich nicht getroffen. Adressen austauschen wäre wirklich zu doof gewesen. Schade einerseits, aber andererseits wollte er ja »eintauchen«, Abstand kriegen, Ruhe finden. ›Und deshalb ist es gut, wie es ist.‹ Immerhin hatte er jetzt für demnächst eine hoffentlich lohnende Restaurantadresse.

Der Großstadtlärm tat ihm gut. Carabinieri auf ihren Motorrädern rasten vorbei, ganze Motorrollersalven schossen bei grün aus Nebenstraßen, so ganz genau wusste Markus nicht mehr, wo er war, egal, es gab keine Eile und kein Ziel, plötzlich floss vor ihm der Tiber, rechts die Ponte S. Angelo, zur Linken die Engelsburg, und er überlegte, ob er sie besichtigen sollte. Unschlüssig holte er Vaters alten Baedeker aus der Tasche. Als er ihn aufschlug, flatterte eine alte Einlasskarte für die Musei Vaticani zu Boden. Auf die Rückseite war eine Adresse gekritzelt. S. de C. / Via Luigi Santini. Es war unverkennbar die Schrift seines Vaters. Vielleicht sein Hotel? Aber wer oder was ist S. de C.? Er schaute auf dem Stadtplan nach, wo die Straße liegt, und beschloss, in den nächsten Tagen dort einmal vorbeizugehen. Das Biglietto legte er wieder zwischen die Seiten der Vatikanischen Museen. Dann schlug er den Baedeker dort auf, wo die Engelsburg beschrieben war, las, was da stand, dass Papst Gregor I. vor 400 Jahren, als die Pest in Rom wütete, eine Engelsvision hatte. Während einer Prozession war ihm der Erzengel Michael mit flammendem Schwert erschienen, kreiste über dem Kastell und steckte schließlich das Schwert in die Scheide, zum Zeichen, dass die Not ein Ende hatte. Markus beschloss, lieber in einem Straßencafé in der Abendsonne seinem Freund Philipp eine Postkarte zu schreiben. In einem der zahlreichen Souvenirshops fand er eine entsprechend kitschige Karte mit geflügelten Engelchen.

»Lieber Freund, nichts von allem, was es in Wirklichkeit nicht gibt, gibt es hier so viel wie Engel. Werde also sehr wahrscheinlich so lange hier bleiben, bis ich wie Papst Gregor eine Engelsvision habe.«

Rom. Sixtina. Nacht.

»Sie glotzen uns an.«
»Werden nie verstehen.«
»Nie lernen zu sehen.«
»Weder sehen noch verstehen.«
»Weil wir nicht mehr gefragt sind.«
»Wir waren nie gefragt.«
»Belächelt allenthalben.«
»Gefürchtet.«
»Sie sind uns aus dem Weg gegangen.«
»Haben uns verjagt.«
»Und verfolgt.«
»Und verehrt.«
»Euch vielleicht.«
»Die Massen strömten.«
»Weil ihr ihnen nach dem Mund geredet habt.«
»Es war die Gottheit, die aus mir sprach.«
»Dein staatstragender Apoll!«
»Ein Gott!«
»War er gut?«
»Göttlich.«
»Hört auf! An der Erfüllung des Wortes erkennt man uns.«
»Nicht anders.«
»Reinheit des Lebens.«
»Nicht anders.«

»Religio! Auf den wahren Gott!«

»Nicht anders.«

»Erfüllung des Wortes.«

»Hatten wir. Noch was?«

»Ankündigung von Unheil.«

»Eure Sache vielleicht. Meine dagegen: im Rätsel die Aufforderung, den glücklichen Weg zu entdecken. Denn die Irdischen haben die Wahl. Der Ausgang ist offen.«

»Hört mir auf damit! Ich hatte kommendes Unheil zu verkünden, bis das Volk von Ninive begriff, was die Stunde geschlagen hat, und schon hatte der Herr ein Einsehen.«

»Und du warst voll Zorn auf Ihn. Hast dich in deinen Laubhüttenschmollwinkel vor den Toren der Stadt zurückgezogen, inständig hoffend, das Unheil möge doch noch über sie kommen.«

»*Wenn der Weissager etwas im Namen des Herrn spricht und sein Wort sich nicht erfüllt und nicht eintrifft, so ist dies das Wort, das der Ewige nicht gesprochen hat!*«

»Meine Worte.«

»Willst du etwa behaupten, ich sei ein Lügenprophet?«

»Du bist keiner. Du hast nur dummerweise einen Termin genannt. Vierzig Tage! Überlege doch! Das war doch viel zu kurz, viel zu leicht zu überprüfen.«

»Und wie dann?«

»*Siehe, es wird sein an jenem Tage* … oder so.«

»Falsch!

So ist euer Redegehalt nichts als Wörtelei! Ziehen in die Länge sich die Tage, wird zunichte alle Schau!

Ich weiß, wovon ich rede! Nichts hasste das Volk der Israeliten im Babylonischen Exil mehr als die auf ferne Zeiten angelegten Weissagungen. Also, was sagte mir der Ewige:

Genug der schmeichelglatten Wahnschau. In die Nähe rücken die Tage, der Redegehalt aller Schau! Sondern ICH rede, was ich rede, geredet ist's und getan wird's in euren Tagen.

Auch Elisa hat während der Hungersnot und Belagerung durch den König der Syrer, als ein Viertel Kab Taubendreck auf fünf Silberlinge kam, genau prophezeit:

Morgen um diese Stunde wird ein Scheffel Semmelmehl im Tore von Samaria ein Lot gelten und zwei Scheffel Gerste ein Lot.

Und genau so war es dann und die Belagerung hatte ein Ende.«

»Wo ist eigentlich euer Elisa?«

»Himmel hilf! Wie oft willst du uns das noch fragen?!«

»Du hättest vor 500 Jahren den Buonarroti fragen sollen!«

»Und habt ihr vergessen, was kaum 50 Jahre nach Elisa der Ewige durch mich zum Assyrerkönig Sanherib sprach, als dieser drohte, Jerusalem zu zerstören?«

»Du wirst es uns sicher gleich ins Gedächtnis rufen.«

»*Nicht wird er kommen in diese Stadt, und keinen Pfeil wird er dahin schießen, wird nicht einen Schild vor sie rücken und keinen Wall auf sie schütten, auf dem Weg, den er kam, wird er umkehren und die Stadt nicht betreten*, war die Rede des Ewigen.«

»Immer und immer wieder eure Heldentaten. Der Ewige und seine streitbaren Mannen!«

»Jetzt kommt *die* Tour wieder. Bloß weil sich an eure Oracula Sibyllina keiner mehr erinnern will.«

»Wir werden sehen …«

»Aha. Klingt irgendwie vielversprechend.«

»Jetzt wabern sie wieder.«

»Hört auf damit!«

»*Wenn das Wort des Propheten eintrifft, wird der Prophet erkannt werden, den der Ewige in Wahrheit gesandt hat!*«

»Recht hat er!«

»Jesaja hat immer Recht.«

»Na ja. – Wieso sagt eigentlich Daniel nichts?«

»Lasst ihn, er rätselt.«

»Tja, damals saß er in der Löwengrube, diesmal sitzt er in der Falle.«

»Und so, wie er damals aus der Gewalt der Löwen wieder errettet wurde, so wird er auch dieses Mal seine Spötter beschämen und wieder herausfinden!«

»Es tagt. Demnächst werden sie gähnend wieder die Türen aufschließen. Die Wächter der Musei Vaticani von der einen, die päpstlichen von der anderen Seite.«

»Die einzigen, die uns keines Blickes mehr würdigen.«

»Dafür werden die Massen wieder strömen.«

»Im Bilderrausch taumeln.«

»Michelangelo bewundern.«

»Sich seinetwegen die Köpfe verrenken.«

»Mit offenen Mäulern seine Gestalten begaffen.«

»Uns, wohlgemerkt!«

»Nun, er hat uns ja auch nicht schlecht getroffen.«

»Na ja ... An deiner Stelle ...«

»Was willst du sagen?«

»Ich hör mich schon wieder schweigen.«

»Seid nicht kindisch!«

»Und doch wollen manche auch mehr erfahren.«

»Ein paar Übereifrige, hin und wieder.«

»Gestern hat einer die Ohren gespitzt, belauschte zwei junge Italienerinnen ...«

»... die ihm die Augen öffneten. Habt ihr seine Augen gesehen?!«

»Ah! Sibyllinisches Augenmerk ...«

»Warum also nicht er?!«

»Er und Giovanni?«

»Armer Unbekannter! Giovanni wird ihm den Kopf verdrehen.«

»Nein, eine Frau wird es sein!«

»So? Man sieht also schon mal wieder mehr ...«

»Weil Apoll mich lehrte, aus Blicken zu lesen.«

»Warum also nicht er? Er und der verrückte Giovanni!«

»Giovanni ist nicht verrückt!«

»Ein Spinner.«

»Ein kluger Kopf.«

»Ein Irdischer halt!«

»Aut insanit homo, aut versus facit.«

»Das eine nicht ohne das andere.«
»… Aut poeta doctus!«
»Wie auch immer. Er ist unser Mann!«
»Ein Held.«
»Kein Held!«
»Erst recht kein Heiliger.«
»Helden sind unbedeutend.«
»Und Heilige uns fremd.«
»Sind nur sich selber hold.«
»Zwei also jetzt schon.«
»Zwei nicht ohne drei!«
»Warten wir es ab.«
»Ist er vom Fach?«
»Nein. Und auch wieder ja.«
»Was wird er hören?«
»Wir werden sehen.«
»Der Webstuhl webt.«
»Pssst! Die Schlüssel stecken schon im Schloss.«

Giovanni

Wenn ihn das Kolosseum schon mit kleiner Münze nach Rom eingeladen hatte, so sollte er es auch mit einem Besuch beehren. Also pilgerte Markus nach dem Frühstück über das Forum Romanum hin zu Roms größtem Amphitheater. Ein paar alte Römer in bunten Kostümen spazierten zur Freude der Touristen, die aus den Bussen stiegen, auf und ab, ließen sich mit Müttern und Kindern von Vätern fotografieren, machten würdige Miene zum gelegentlich mit einem Trinkgeld belohnten Spiel. Postkartenhändler drängten sich auf, Reiseleiter mit Fähnchen scharten ihre Gruppen um sich, erklärten römische Politik – Brot und Spiele – und dass es kaum einem römischen Kaiser vergönnt war, eines natürlichen Todes zu sterben. Als der Name Caligula fiel, gab es was zu Lachen, als von Nero die Rede war, machte sich schaudernde Entrüstung breit. Schlüssig kolportiert, dachte Markus, aber ob es in Wirklichkeit auch so war? Viel zu undifferenziert klangen ihm diese Erklärungen. ›Aber Mythen leben eben länger.‹

Um aus dem Trubel raus zu kommen, wanderte er auf den Aventin hoch, ein friedlicher Hügel, Pinien säumen den Weg, die Orangenbäume hängen voller Früchte. Als er oben angekommen war, lag ihm die Ewige Stadt im Panoramablick zu Füßen. Der Tiber mit der Insel, dahinter das Altstadtviertel Trastevere.

Dorthin wollte er am späteren Nachmittag gehen, dort musste das von den beiden Italienerinnen empfohlene Restaurant liegen.

Wie oft man wohl in ein Lokal geht, das man als Stammlokal bezeichnet?

Lina, die eine der beiden, ging ihm durch den Kopf, besser: sie ging ihm nicht mehr aus dem Kopf, wie er sich mit unentschiedenen Gefühlen eingestehen musste. Als er zur Piazza dei Cavalieri di Malta kam, wunderte er sich, wie einige Leute vor dem Tor eines palastähnlichen Gebäudes Schlange standen, um ganz unfein durch das Schlüsselloch des Portals zu spicken. Also stellte er sich dazu, wartete, bis er an die Reihe kam und schaute ebenfalls durch. Am Ende eines schnurgerade verlaufenden Parkwegs fiel sein Blick auf die von meterhohen Lorbeerhecken eingerahmte Kuppel der Peterskirche, hinter der langsam die Sonne verschwand. Als er dem nächsten hinter sich Platz machte, sagte einer der Wartenden: »Das ist der schönste Blick durch ein Schlüsselloch in ganz Rom.«

Na, er muss es ja wissen, dachte Markus und ging langsam den Weg zurück. Ob Schlüsselloch oder Teleskop, man sieht nie genug. Und über das, was verborgen bleibt, darf spekuliert werden.

Trastevere. Dort, wo Rom am echtesten ist, hatte er in seinem Romführer gelesen. Eine Leine mit vielen kleinen roten Fähnchen war über den nicht allzu großen Platz gezogen. Das Restaurant befand sich in einem alten Palazzo, tiefgrüne Efeuzöpfe hingen von den Dachrinnen über das oberste Stockwerk herunter auf die Piazza. Aus einem offenen Fenster im ersten Stock holperten Klavieretüden.

Von außen betrachtet hatte das Lokal, beiderseits eingerahmt von Antiquitätenläden, dennoch nichts Besonderes an sich, es war eher eines von der Sorte, die man als Tourist übersieht, mangels dreisprachiger Menukarte, die im Weg steht und jenem Kellner, der mit anlockendem Lächeln mehr oder weniger einladend unter der Tür wartet.

Markus hatte Hunger, und die Tageskarte machte Appetit. Bruschetta, frittierte Artischocken, Buccatini alla Matriciana. Als er wie selbstverständlich und ohne zu zögern den von Lina empfohlenen Wein bestellte, war es ihm, als huschte für einen Moment ein Anflug von Verwunderung über das Gesicht des Kellners. Vielleicht bildete er sich das aber auch nur ein.

Das Restaurant war nicht sonderlich groß, zwei ineinander übergehende Räume, in denen in gedämpftem Halbdunkel kaum ein Dutzend Tische zu erkennen waren. Am hintersten Tisch die Stammgäste. Von den Italienerinnen keine Spur. An der Decke hingen alte Ventilatoren. Hatten aber bereits Feierabend. Ein Durchbruch in der Wand hinten links gab den Blick frei in die Küche. Emaillierte Boiler, Töpfe zu Türmen gestapelt, eine Alte mit Plastikkopfbedeckung. Im Dampf der Küche ein glatzköpfiger Koch, eine geräucherte Existenz, ganz in weiß. Ein Meister seines Fachs. Jeder Handgriff saß, er rüttelte seine Pfannen, schäumte auf. Goss Öl ins Gemüse, löschte ab.

Als Markus gegessen und bezahlt hatte, wechselte er zur Bar im vorderen Teil des Restaurants, um hier noch auf Elisabettas Empfehlung hin einen Grappa zu trinken; und in der leisen Hoffnung, es könnten vielleicht doch noch weitere Stammgäste aufkreuzen. Außer ihm saß um die Ecke über den Tresen gebeugt ein Italiener, vor sich ein Buch, ein Weinglas und eine Schale mit Oliven. Er hatte graumeliertes Haar mit Nackenlöckchen. Wache Augen, leichter Silberblick. Über einem weiten, grobmaschigen Strickpullover trug er ein ausgebeultes beigefarbenes Kordsakko. Könnte ein Schriftsteller sein, ein Intellektueller, oder ein post-existenzialistischer Maler, dachte Markus.

»Sie haben sich ohne zu zögern für den besten Wein aus Alfredos Keller entschieden. Bravo!«

Der Italiener hatte sich Markus zugewandt.

»Oh! Woher wissen Sie das?«

»Weil es mir Spaß macht zu beobachten, was man den Gästen ausschenkt. Außerdem habe ich mit dem Wirt eine Vereinbarung getroffen: immer wenn ein Gast sich für den Wein meines Schwagers entscheidet, soll er mir das sagen. Ich beobachte dann, wie er ankommt.«

»Ach! Und, wie ist er bei mir angekommen?« wollte Markus neugierig wissen.

»Wenn mich nicht alles trügt, sehr gut. Na ja, und gelegentlich kommt es dann vor, dass der eine oder andere Gast noch an die Bar kommt und ich ihm für seine gute Zunge ein Kompliment machen kann.«

»Oh, dann darf ich mich jetzt geehrt fühlen!« sagte Markus.

»Wenn Sie nichts dagegen haben, und ich sitzen bleiben darf, ist die Ehre ganz meinerseits.«

Der Wirt erschien mit Gläsern hinter dem Tresen, warf einen Blick auf seinen Stammgast und sagte, während er die Gläser einsortierte, mit nicht ganz ernst gemeinter Strenge:

»Giovanni, du sollst mir meine Gäste nicht belästigen!«

Und zu Markus gewandt fügte er hinzu:

»Glauben sie ihm kein Wort. Er ist verrückt, verstehen Sie? Er hört Stimmen. Auch noch von oben!«

Alfredo griff lachend nach dem leeren Tablett und war damit auch schon wieder in seiner Küche verschwunden.

»Okay, wenn Sie wollen, können wir uns ja gegenseitig belästigen, dann kann ich mein Italienisch wieder etwas auffrischen. Ich heißc Markus.«

»Oh, Marco, dann bist du also ein Sohn des Mars. Bei den alten Römern war Markus einer der elf gebräuchlichsten Namen. Ich heiße Giovanni. Um noch einmal auf den Wein zurückzukommen, er hat dir also geschmeckt?«

»Er war ebenso wie dieses Lokal die Empfehlung zweier reizender Italienerinnen, die ich gestern Nachmittag getroffen habe. Eigentlich hätte ich gute Lust, jetzt auch noch die dritte Empfehlung der beiden auszuprobieren.«

»Und die wäre?«

»Die eine empfahl mir, wie gesagt, den Wein, die andere meinte, ich müsste unbedingt einen Aquavite d'uva, und zwar eine Riserva di cent'anni probieren.«

Der Italiener schaute erstaunt.

»Nicht schlecht! Welchen Engeln bist du denn über den Weg gelaufen?!«

»Flügel konnte ich keine entdecken, aber, na ja, wie soll ich sagen, attraktiv waren sie schon, besonders die eine der beiden. Als sie ihrer Freundin Michelangelos Deckengemälde in der Sixtinischen Kapelle erklärte, war ich sozusagen stiller Teilhaber dieser Privatführung. Na ja, anschließend konnte ich mich mit einem Caffè revanchieren. Eine, hm, wie soll ich sagen, ausgesprochen reizvolle Begegnung. Und so kam ich eben an die Empfehlungen.«

»... und an mich«, sagte Giovanni und grinste.

»Die unbeabsichtigte, vierte Empfehlung. Es lebe der Zufall!« sagte Markus.

Giovanni nahm einen Schluck, wischte sich mit dem Ärmel den Mund und sagte:

»Wer weiß?«

»Was?«

»Das mit dem Zufall.«

»Was sonst?« sagte Markus und lachte.

»Hör mal, du bist in Rom! In der Ewigen Stadt gibt es keine Zufälle! Und außerdem: nichts im Muster, das dein Leben webt, entspringt dem Zufall. Achte mal darauf. Aber Zufall hin, Fügung her – sag mir lieber, wie dir die Sixtinische Kapelle gefallen hat.«

»Phantastisch. War ja schon mal als Elfjähriger drin, damals war sie noch überdeckt mit der Patina der Jahrhunderte, das war vor der Restaurierung. Aber jetzt mit den Farben! Dieser Michelangelo war schon genial. Eigentlich hab ich vieles erst jetzt durch die Erklärungen der beiden Italienerinnen gesehen. Etwa wie die Figuren sich von der Decke lösen, wie sie in den Raum treten, ohne herunterzufallen. Fehlt bloß noch, dass sie den Mund aufmachen.«

»Ja dann!« sagte Giovanni amüsiert.

»Was meinst du?« fragte Markus unsicher.

»Dass sie den Mund aufmachen und reden. Hast du nicht gehört, was der Wirt vorher gesagt hat? Recht hat er. Auch wenn er keine Ahnung hat. Und auch sonst will es mir ja keiner glauben. Fast keiner. Sowieso hat es keinen Wert, darüber zu reden.«

»Du glaubst also, dass die reden. Und woher willst du das wissen? Ich mein', bei dem Lärm und den Menschenmassen!«

»Erstens, weil sich Propheten und Sibyllen zu allen Zeiten auch im größten Weltgetöse verständlich machen konnten. Zweitens, wer Ohren hat zu hören. Und drittens ist es dort in der Kapelle nicht immer so laut. Wenn die Touristen nämlich wieder draußen sind, wenn die Kapelle für den Publikumsverkehr geschlossen ist, dann kehrt dort Ruhe ein, dann ist dort kein Laut mehr zu hören, außer eben, wenn sie gelegentlich oben zu reden beginnen.«

»Du machst mich neugierig. Wie meinst du: ›zu reden beginnen‹?«

»Wie ich es sage. Sie reden. Die Nacht ist ihr Tag. Dann greifen sie etwas auf, was untertags passiert war.

Ein Wort aus dem Stimmengewirr der Besucher, einen Namen. Angeregt davon entwickeln sich ihre Nachtgespräche. Oft sind die Stimmen gar nicht auseinander zu halten. Du musst es dir wie einen vielstimmigen Chor von der Decke herab vorstellen.«

Markus schaute ungläubig und zugleich amüsiert.

»Ja und was reden sie da?«

»Mal dies, mal das. Mal über längst vergangene Zeiten, mal über heute. Zuweilen erzählen sie sich Geschichten, alte, neue, bekannte, merkwürdige, oft unheimliche Geschichten, unglaubliche, unfassbare, unbegreifliche. Wer nicht weiß, dass es Seher sind, und wer nicht mit der Wirklichkeit der Engel rechnet, muss alles für einen ausgemachten Schabernack halten, oder eben, je nachdem, für gut oder schlecht erfunden.«

Markus war plötzlich unbehaglich zumute, er schwankte innerlich zwischen Schauder und Faszination, überlegte, in welch schrägen Film er da geraten war, schien aber wild entschlossen, wenigstens in einer Nebenrolle mitzuspielen.

»Moment mal, du sagst, sie reden nachts. Nachts, wenn die Kapelle geschlossen ist, und kein Mensch drin ist.«

»Fast keiner.«

»Ah, ich ahne was. Du kommst da nachts rein. Und wie, wenn ich fragen darf?«

»Na ja, wie schon? Durch die Tür«, sagte Giovanni grinsend.

»So einfach! Du kennst also jemand …«

»So ähnlich.«

»Klingt irgendwie spannend, aber ich glaub dir trotzdem kein Wort. Parlierende Fresken im Vatikan!«

»Ja dann! Wollen wir wetten?«

Markus fing Feuer.

»Um was?«

»Na ja, ich schlage vor, um eine Flasche Wein. Eine Gran Riserva von meinem Schwager.«

»Einverstanden!«

»Abgemacht«, sagte Giovanni, »darauf der letzte Schluck im Glas. Salute, Marco!«

Sie tranken ihre Gläser leer.

»Jetzt komm!«

»Wie? Jetzt? Wohin?«

»Das wirst du dann schon sehen.«

»Vielleicht, vielleicht sollte ich erst noch bezahlen.«

»Lass mal, das geht auf mich, ich habe Kredit beim Patron.«

Rom. Sixtina. Nacht.

Mit gehöriger Skepsis folgte Markus seiner ungewöhnlichen Tresenbekanntschaft nach draußen. Zielstrebig schritt Giovanni durch die Gassen, überquerte Straßen und kleine Plätze, auf denen fast niemand mehr unterwegs war, sie kamen durch enge und finstere Passagen, und wo keine Laternen brannten, half der Mond mit seinem blassen Licht. Als Giovanni ein paar Stufen zu einem großen Gebäude hoch ging, hatte Markus längst keine Ahnung mehr, wo sie inzwischen gelandet waren.

»Wenn wir jetzt hineingehen, bleib bitte direkt hinter mir. – Und sei leise.«

Giovanni wechselte ein paar Worte mit dem Pförtner, dann gingen sie in das Gebäude.

»Wir sind im Vatikan. Lieferanteneingang sozusagen.«

»Was? So einfach?«

»Komm mit!« Sie durchschritten lange Gänge, kamen an Marmorgestalten vorbei, denen das kalte Mondlicht einen eigenartigen Glanz verlieh.

»Warte hier«, sagte Giovanni und betrat einen Raum, in dem Licht brannte. Markus hörte, wie gesprochen wurde. Wenig später kam Giovanni mit einem Schlüsselbund in der Hand wieder heraus. Im Weitergehen meinte er leise:

»Es muss sich übrigens nicht in ganz Italien herumsprechen, was wir hier unternehmen, wenn du weißt, was ich damit sagen will. Komm, wir gehen jetzt in die Kapelle.«

Noch einmal durchschritten sie Gänge, deren Wandfresken in der Dunkelheit schauerlich wirkten. Dann schloss Giovanni eine große Türe auf und ging voran. Markus folgte. Als er im Raum stand, verschlug es ihm die Sprache. Er spürte seinen Pulsschlag. Er war überwältigt. Trotz der sehr spärlichen Beleuchtung konnte er Details erkennen. Auch auf den Bildern, und vor allem an der Decke.

»Da drüben, hinter der Chorschranke, kannst du dich auf die Bank setzen, oder noch besser: leg dich drauf. Und dann schau nach oben. Und horch.«

Giovanni selber ging zur anderen Wandseite und setzte sich dort ebenfalls auf die Bank. Nicht das leiseste Geräusch war zu hören. Markus setzte sich auf die Bank und starrte an die Decke. Hier drin, dachte er, hat die Welt draußen nichts mehr zu sagen.

»Ja dann …«, sagte Giovanni und ließ enttäuscht die Schultern hängen, als sie zwei Stunden später wieder auf der Straße standen.

»Es war absolut überwältigend!« sagte Markus. »Aber, um ehrlich zu sein, gehört hab ich nichts.«

»Ja dann! Hätte es mir eigentlich denken können!« meinte Giovanni mit Bedauern in der Stimme.

»Was?«

»Dass sie diesmal nichts sagen. Und meine Wette hab' ich halt verloren.«

Das Biglietto

Largo di Torre Argentina. Im antiken Trümmerfeld wurde das Gelände vermessen. Drei Archäologiestudentinnen zeichneten imperiale Säulenstümpfe ab. Katzen schlichen teilnahmslos darüber hinweg. Der Nieselregen hatte die Piazza in ein buntes Mosaik aus Regenschirmen verzaubert. Die sienaroten Fassaden wurden regenfleckig. Aber die vielen Stöckelschuhe, die über das regennasse Pflaster eilen, lassen nicht auf langen Regen schließen, dachte Markus, und schob sich zwischen den drängelnden Regenschirmen hindurch in den an die Haltestelle herangefahrenen Bus. Als dieser wieder anfuhr, glaubte er unter den an der Haltestelle Zurückgebliebenen Lina, die Kunststudentin, zu sehen. Wahrscheinlich reine Einbildung, Wunschdenken, Fata Morgana. Er überlegte zum hundertsten Mal, wie er sie wieder treffen könnte. Und registrierte ohne Bedauern, dass ihm Claudia völlig gleichgültig war.

Als er in der Viale Trastevere ausstieg, schien wieder die Sonne. In der Via Luigi Santini holte er den lange schon überholten Baedeker aus der Tasche, in dem wohlverwahrt die alte Eintrittskarte in die Vatikanischen Museen lag. Auf der Rückseite las er, was er längst auswendig wusste: »S. de C. Via Luigi Santini 29«. Aber schnell erkannte er, dass kein Name hinter den vielen Klingelknöpfen zu den Initialen passte. Als in diesem

Moment eine Mutter mit ihrem kleinen Buben aus der Haustür trat, hielt er ihr das Biglietto unter die Nase. Sie hatte keine Ahnung, wer das sein könnte, und sie wohne auch erst seit einem dreiviertel Jahr hier in Trastevere. Fehlanzeige. Und eigentlich hatte Markus auch mit gar nichts anderem gerechnet. Gut zwanzig Jahre dürfte das her sein, dass sein Vater häufiger in Rom zu tun hatte. Dennoch war Markus enttäuscht und setzte sich, unschlüssig, was er jetzt mit sich anfangen sollte, ein paar Schritte weiter auf eine der Parkbänke der Piazza San Cosimato. Sein Blick fiel auf die fürstlichen Fassaden der Via Luigi Santini und auf jemanden, der soeben aus der Haustüre der Nr. 29 trat, mit braunem Cordsakko und einer uralten, dick ausgebeulten Ledertasche. Giovanni kam direkt auf die Piazza zu.

Das darf nicht wahr sein, dachte Markus.

Jetzt sah auch Giovanni erstaunt, wer da auf der Parkbank saß.

»Ach. Lauerst du mir etwa auf?«

Unmut lag in Giovannis Stimme, und Markus wusste nicht, ob echt oder gespielt.

»Purer Zufall!«

»Du weißt, was ich vom Zufall halte.«

»Schon verrückt. Den zweiten Tag in Rom, und ich treffe immer die gleichen Leute.«

»Und was, wenn ich neugierig sein darf, treibt dich dann hierher?« fragte der Italiener gereizt.

»Eine Adresse. Schon seltsam, dass ich jemanden suche, der in dem Haus wohnt, oder zumindest dort gewohnt hat, aus dem du soeben gekommen bist.«

»Wenn es dich interessiert: ich wohne dort.«

»Du wohnst dort?« Markus schaute einigermaßen erstaunt.

»Ist doch nicht verboten, oder?«

Giovanni stellte seine Tasche ab.

»Und wen suchst du, wenn ich fragen darf?«

»Tja, wenn ich das wüsste! Klingt blöd, ist aber so. Ich suche jemanden, dessen Vorname mit S. beginnt und der Nachname mit C.«

Giovanni schien zu überlegen, schaute leicht irritiert. Vielleicht bildete sich Markus das aber auch bloß ein.

»Kennst du jemanden, der das sein könnte?«

»Keine Ahnung«, sagte Giovanni fast ein bisschen zu schnell und schaute einem der herumstreunenden Hunde nach.

»Auf alle Fälle wohnt hier niemand, auf den diese Initialen passen könnten, und außerdem …«

Giovanni stockte, schaute Markus rätselnd ins Gesicht: »Was treibst du hier? Wen suchst du da?«

»Ich weiß es wirklich nicht«, sagte Markus wahrheitsgemäß und fuhr etwas hilflos fort: »Darf ich dich zu einem Caffè einladen? Oder zu sonst was.«

Giovanni zögerte, dann willigte er ein. Gegenüber setzten sie sich in eine kleine Bar. Markus holte aus dem alten Romführer die alte Eintrittskarte zur Sixtina und reichte sie seinem Gegenüber.

»Dieser Romführer gehört meinem Vater, und da drin lag dieses Biglietto d'ingresso.«

»Ja und?«

»Schau auf die Rückseite. Damit weißt du exakt so viel wie ich.«

»Und die Eintrittskarte, sagst du, stammt von deinem Vater?«

»Wüsste nicht, von wem sonst, ehrlich gesagt. Schließlich war er immer wieder beruflich hier in Rom.«

»Beruflich?« wollte Giovanni wissen.

»Was sonst?« sagte Markus.

Giovanni warf einen prüfenden Blick auf das Papierchen in seiner Hand.

»Das dürfte schätzungsweise Anfang der 80er Jahre gewesen sein.«

»Wäre gut möglich«, sagte Markus.

Beide schwiegen. Nach einer Weile meinte Giovanni: »Du schnüffelst also in deines Vaters Vergangenheit.«

»Wieso schnüffeln?« fragte Markus verwundert. »Ich mach mir da eigentlich keine Skrupel.«

»Gutwillig betrachtet, könnte man sagen: der Sohn begibt sich auf Spurensuche. Und wie geht es deinem Vater?«

»Gut. Ich glaub, sogar sehr gut!«

»Warum fragst du dann nicht ihn nach diesem Namen?«

»Einmal, weil ich erst hier in Rom diese Eintrittskarte entdeckt habe, sie fiel beim Durchblättern aus dem Buch, hat sich mir also gewissermaßen aufgedrängt …«

»Und zweitens?«

»Na ja, wer weiß, vielleicht will mein Vater ja gar nicht daran erinnert werden.«

»Ja, dann!«

Markus überlegte, schaute vor sich hin.

»Wahrscheinlich hast du Recht. Ich hab's wirklich harmlos gesehen, erst du hast mir den Schnüffler angehängt, kann ja sein, auch zurecht. Vielleicht werd ich meinem Vater den Zettel mal zeigen, dann soll er entscheiden, ob ihm etwas dazu einfällt oder nicht.«

»Wie alt ist denn dein Vater?«

Markus musste kurz überlegen.

»Neunundsechzig.«

»Und es geht ihm gut, sagst du?«

»Er ist gesund und zufrieden. Und wahrscheinlich geht es ihm heute besser als früher.«

»Und deine Mutter?«

»Hat sich zurückgezogen. Genauer gesagt: sie starb vor etwas mehr als einem Jahr.«

»Tut mir leid.«

»Es war eine schwierige Beziehung. Bin sicher, für meinen Vater war's nicht immer lustig. Vor allem die letzten Jahre. Aber im Grunde auch früher schon.«

»War sie krank?«

»Sie war esoterisch, falls das 'ne Krankheit ist. War nur auf ihren Guru fixiert. Und auf sich – und wurde dabei immer unleidlicher. Na ja, sie hatte auch ihre Qualitäten. Aber meine Schwester und ich, wir haben uns oft gefragt, woher mein Vater immer wieder die Kraft nahm. Um so schöner eigentlich, dass er inzwischen wieder richtig auflebt. Er hat das Haus renoviert, hat seine Staffelei wieder aufgestellt, malt und lädt sogar wieder Freunde ein. Und wenn man ihn besucht, kommt dir ein freundlicher älterer Herr entgegen, der dich in den Arm nimmt und der dir gleich erzählt, was er alles vorhat. Den Garten will er umgestalten, die Einliegerwohnung hat er wieder hergerichtet, will sie jetzt an Studenten vermieten. Aber, wieso erzähl ich dir das eigentlich alles?«

Giovanni räusperte sich.

»Nur so«, meinte er, »reines Mitgefühl«, und fügte hinzu: »Ja dann! Dann ist es ja vielleicht auch gut so, wie es ist.«

Ein paar Kinder tollten auf dem Piazzadreieck herum, auf den Bänken saßen die alten Männer, Mütter schoben ihre Kinderwagen. Markus beobachtete das Ensemble, schaute ins Leere. Dann sah er vor sich wieder die Decke der Sixtinischen Kapelle, wie er plötzlich letzte Nacht mit diesem seltsamen Giovanni mutterseelenallein in dieser Kapelle stand. Wie kam er dazu, wer ist er? Vielleicht hört er ja wirklich Stimmen. Er überlegte kurz, ob er das Thema noch einmal aufgreifen sollte, fand es dann aber doch unpassend. Dafür könnte man über die Decke reden, dachte er.

»Tut mir ja fast leid, dass ich die Wette gestern gewonnen habe, war ja in gewisser Weise ein großes Ding, irgendwie. Ich mein, das war …, wie soll ich sagen, das hat mich doch sehr beeindruckt. Woher wusste eigentlich dieser Michelangelo, was er zu malen hatte, wer hat ihm die Informationen geliefert? Der war ja sicher kein Theologe.«

Giovanni schien gegen den Themenwechsel nichts zu haben.

»Nein, das war er auch keiner, zumindest keiner im heutigen Sinn. Aber damals ging man anders mit der biblischen Überlieferung um. Wenn ich mich nicht täusche, bist du ja auch kein Theologe.«

Und kein Rucksacktourist, dachte Markus und Lina fiel ihm wieder ein mit ihren langen dunkelblonden Haaren, dem weißen T-Shirt und der Jeansjacke.

»Stimmt. Außer dem obligatorischen Religionsunterricht war nichts. Mein Vater, glaub ich, war schon interessiert, aber mit einer Frau, die mehr Richtung Guru tendierte, behielt er viel für sich. Und heute gehör' ich eher zu denen, die den Frommen das Geschäft vermasseln.«

»Ach! Das klingt aber spannend!« Giovanni grinste, schaute aber durchaus interessiert. »Und welche Fakultät wäre das dann?«

»Naturwissenschaft, Abteilung Physik, Unterabteilung Sterngucker.«

»Ja dann! Ein Astrophysiker! Aber da gibt es doch jede Menge Gemeinsamkeiten. Übrigens hat ein Künstler wie Michelangelo der Theologie auch immer wieder das Geschäft vermasselt und sich dabei in die Nesseln gesetzt.«

»Zuviel nacktes Fleisch am Kapellenhimmel?«

»Nein, das war kein Thema. Aber er war ein eigensinniger Künstler, ein eigenständiger Kopf, der seinen Auftraggebern nicht nach dem Mund geredet, was sag ich? – nach dem Mund gemalt hat. Weil er zum Beispiel weder die frommen Apostel noch die noch frömmeren Päpste an die Decke der Sixtina malen wollte, sondern nichts weniger als das Weltepos. Darüber hinaus stand er in engem Kontakt mit den Querdenkern seiner Zeit, las viel, und über seine große Freundin Vittoria Colonna kannte er die Schriften der wichtigsten Reformatoren damals. Aber lassen wir das. Zurück zu deiner Frage. Die Geschichten aus der Bibel wurden in früheren Zeiten mündlich weitererzählt und kursierten im Volk. In den gebildeten Kreisen kannte man darüber hinaus die antike Mythologie, also die der Griechen und Römer. Wir befinden uns in der vom Humanismus geprägten Hochrenaissance, seit Jahrzehnten wird an der Wiederbelebung antiker Ideale gearbeitet, nicht in Konkurrenz zur christlichen Welt, wie das aus unserem heutigen Denken heraus vielleicht nahe läge. Im Gegenteil. Ein Künstler wie Sandro Botticelli malte für seinen Fürsten die Geburt der Venus, oder eine Pallas Athene mit dem Centaur und zur gleichen Zeit malt er für die Kirche eine Maria im Rosenhag oder Episoden aus dem Leben des Moses, was du als Fresko ebenfalls in der Sixtina bewundern kannst. An der Decke der Kapelle hast du biblische Tradition und antikes Ideenreich, beides ineinander verschränkt. Aus der griechischen Welt schöne Jünglinge mit Schilden und Eichenlaubgirlanden, andere, die Grimassen schneiden. In der Gesimszone dann die biblischen Propheten, diesen gleichwertig zur Seite gestellt die Sibyllen.«

»Schade«, unterbrach Markus Giovannis Vortrag und schlug gleichzeitig den alten Baedeker auf, hier sind die Bilder so klein, dass man fast nichts mehr darauf erkennen kann.«

»Kein Problem«, sagte Giovanni und zog aus seiner großzügigen Jackentasche ein mehrfach gefaltetes Hochglanzpapier und faltete es wie eine Straßenkarte auf. »Hier«, sagte er, »die Sixtina hab ich für alle Fälle immer auch in der Tasche. Um dir einen Überblick zu vermitteln, reicht's.«

Er deutete mit dem Zeigefinger auf das Blatt.

»Du hast, wenn du so willst, drei Ebenen. Die Entstehung der Welt, also die Genesis, als erstes, dann die Propheten samt Sibyllen als zweite Ebene, und an dritter Stelle das Buch der Vorfahren Jesu Christi, das Liber generationis, mit dreimal vierzehn Geschlechtern. Manche dieser Gestalten sind kaum zu belegen. Aber im Zentrum der Decke siehst du sowieso die Erschaffung der Welt, die Beseelung Adams, die Erschaffung Evas und den Sündenfall samt Vertreibung aus dem Paradies; hier das Opfer Noahs, die Sintflut und Noah als Weinbauer, der beschwipst Siesta hält. Schließlich, immer im Wechsel, Propheten und Sibyllen.«

Markus war beeindruckt. »Und woher kannte Michelangelo diese Gestalten?«

»Die Propheten kennt man im allgemeinen aus der Bibel, die Sibyllen aus den heute fast vergessenen Sibyllinischen Büchern. Die Florentiner Humanisten wie etwa Marsilio Ficino hatten die in griechischer Sprache verfassten Texte wiederentdeckt.«

»Noch nie etwas davon gehört«, sagte Markus ärgerlich. »Irgendwie beschissen, aber ich hab von all dem keine Ahnung!«

»Na ja«, sagte Giovanni beruhigend, »dafür weißt du eben mehr über das Weltall und den Urknall.«

»Ja, aber das hier gehört ja wohl zur Allgemeinbildung.«

»Da wäre ich mal eher vorsichtig mit solchen Behauptungen. Wer kennt schon Ezechiel, Sacharja oder Jona und Daniel.«

»Jona. War das nicht der mit dem Fisch?«

»Na bitte, für die Quizshow schon mal ein passabler Einstieg. Und Daniel?«

»Keine Ahnung. Daniel, Daniel … Moment mal, gibt es nicht einen Daniel in der Löwengrube?«

»Na bitte, Hundert Punkte!«

»Uff!« Markus reagierte erleichtert.

»Daniel, ein Traumdeuter am königlichen Hof des Nebukadnezar, eine visionäre Gestalt, ein kluger Kopf, der den heidnischen König dazu bringt, sich schriftlich von Babylon aus an alle Völker, Nationen und Sprachen zu richten, um den Gott der Juden als den weltweit Einzigen, den Lebendigen und den Ewigen zu proklamieren. Gut. Dann hier in der Mitte Jona. Als nächster in der Runde Jeremia, 40 Jahre lang stand er im Gespräch mit dem Allerhöchsten, er brauchte für seinen lebenslangen Dauerauftrag von oben wahrlich gute Nerven und hatte die unangenehme Aufgabe, dem Volk Israel die babylonische Gefangenschaft vorherzusagen. Hier siehst du Ezechiel, der dann 27 Jahre seines Lebens in eben dieser babylonischen Gefangenschaft verbringt, und der sich um das Volk im Exil kümmern muss, auch er hatte große Visionen, von einem neuen Tempel und der Erweckung verdorrter Totengebeine. Joel hier ist der nächste, hatte Visionen von Heuschrecken und dem Strafgericht Gottes. Dem Propheten Jona gegenüber sitzt Sacharja, der sich nach dem Exil um den Wiederaufbau des Jerusalemer Tempels gekümmert hat. Schließlich, der letzte in dieser Prophetenrunde, Jesaja, der vielleicht brillanteste, scharfzüngigste und mit satirischen Qualitäten begabte Visionär, der auf spektakuläre Weise das ausschweifende Lasterleben der mondänen Welt gegeißelt hat. Na ja, jetzt hast du wenigstens mal die Namen gehört.«

»Und dürfte ich unverschämterweise um die der Sibyllen auch noch bitten? Ich zahle gut!«

Giovanni schaute belustigt auf Markus. »Was soll das denn heißen?«

»Zum Beispiel die nächste Runde.«

»Ja dann!« sagte Giovanni und fuhr fort:

»Zwischen Daniel und Jona hast du die junge und elegante libysche Sibylle, zwischen Jeremia und Ezechiel siehst du die persische Seherin, ein wuchtiges altes Weib, ihre Augen scheinen nicht mehr die besten zu sein, so, wie sie hier in ihr Buch schaut. Gegenüber von Jesaja sitzt ruhig und gelassen die erithräische Sibylle, eine schöne Frau, die berühmteste aus der griechischen Welt. Dann, neben Jesaja, die aus Delphi, eine junge, schöne Seherin, als Pythia im Heiligtum des Griechengottes Apollo tätig, ihr Blick *horcht* sozusagen, und ihre Lippen, leicht geöffnet, warten auf die ersten Silben des kommenden Orakelspruchs.«

»Hey! schön gesagt, Giovanni!«

Giovanni grinste. »Danke fürs Kompliment«, sagte er mit einer leisen Verbeugung und fuhr fort:

»Zum Schluss, hier, zwischen Jesaja und Daniel, die aus Cumae in Süditalien, Vergil hat sie in seiner Äneis besungen, und bei Ovid taucht sie mit ihrer massigen Gestalt in den Metamorphosen auf. Zu ihr gibt's viele Geschichten, aber das führt jetzt viel zu weit, mein Gott! Das artet ja in Vorlesungen aus! Völliger Unsinn, du kannst dir eh' nichts von alledem merken, und morgen hast du alles schon wieder vergessen.«

»Du kennst mich schlecht, erstens werde ich sicher das meiste noch wissen, schon weil es mich interessiert, zweitens bedauere ich, dass ich davon keine Ahnung hab', und drittens will ich deshalb noch vielmehr davon erfahren.«

»Jetzt übertreib es nicht! Du bist doch nach Rom gekommen, um Urlaub zu machen, oder sehe ich das falsch?«

»Was weiß ich, warum ich hier bin, irgend einen Grund wird es schon geben. Tapetenwechsel, andere Menschen, andere Gespräche, andere Gedanken, verstehst du?«

»Und andere Visionen.«

»Wieso andere? Ich wär' ja froh, ich hätt' überhaupt welche.«

»Sie lassen sich bedauerlicherweise nicht bestellen wie eine Margarita vom Pizzaexpress.«

»Gibt's das hier auch?« fragte Markus erstaunt.

»Was heißt! Bist du hier im Land der Pizza oder nicht?«

»Manchmal hab ich eher in Heidelberg den Eindruck, ich wär' in Pizzatown. Entschuldige, ich hab' dich unterbrochen.«

»Wo waren wir stehen geblieben? Ach ja, bei den Visionen. Nun, manchmal stellen sie sich ein und manchmal auch nicht. Wenn sie kommen, dann meist wie Diebe in der Nacht.«

»Wie es der Zufall eben so will«, sagte Markus und musste an das 5 Cent Stück denken und an *Alle Wege führen nach Rom.* Spontan erzählte er Giovanni, wie es zu dieser Reise gekommen war. Vom Blick in den Badezimmerspiegel und dem Reisebüroangebot und schließlich dem Kolosseum auf der 5 Cent Münze am Zeitungskiosk. Von Claudia kein Wort.

Giovanni hatte ruhig und mit Staunen zugehört. Wieder lächelte er, schaute auf den Marmortisch mit den leergetrunkenen Tassen, sagte erst mal eine ganze Weile gar nichts und meinte dann:

»Ich muss dir gratulieren. Erstens hast du völlig richtig gehandelt. Zweitens ist dir etwas widerfahren, was wenigen widerfährt, anders gesagt: was die meisten in ihrem Leben einfach übersehen. Manchmal bahnt sich etwas an, kommt wie ein banaler Zufall daher und meint doch etwas ganz anderes. Solche Gleichzeitigkeiten haben ihren Grund, ihren tieferen Sinn.«

»Mag ja sein«, meinte Markus. »Hauptsache, wir landen jetzt nicht in irgendeiner Psycho- oder Esoterikecke. Damit kannst du mich jagen.«

Giovanni lachte. »Mich auch!« sagte er. »Aber warum interessieren sich die Menschen für den Kram? Weil sie aus ihrer Banalität heraus wollen!«

»Dann bleib ich lieber banal.«

»Ja dann ...«, sagte Giovanni mit gespieltem Bedauern.

»Ja dann ...«, wiederholte Markus spöttisch und zündete sich eine Zigarette an. In die Rauchwolke hinein sagte er: »Entschuldigung! Aber bei ›Psycho‹ und ›Eso‹ reagiere ich etwas allergisch.«

»Schon gut. Weißt du, eigentlich gibt es nur zwei Wege auf der Welt, um die Banalität zu überwinden.«

»Aha. Und welche wären das?«

»Die Kunst. Und die Liebe.«

Und nach einer kleinen Pause fügte er hinzu:

»Ich weiß, klingt banal. Ist aber so.«

Markus sagte nichts, überlegte. Kaum in Rom, schon landet er bei der Kunst, für die ihm eine junge Italienerin die Augen öffnet, die ihm seither nicht mehr aus dem Kopf geht. Dann meinte er:

»Komische Zeiten. Kaum in Rom, lande ich, weil ich mich einfach treiben lasse, in der Sixtinischen Kapelle, nachts werde ich von einem, mit Verlaub, seltsamen Zeitgenossen schon wieder dorthin entführt. Anderntags entdecke ich im Baedeker eine Jahrzehnte alte Einlasskarte für die Sixtinische Kapelle. Auf der Rückseite die Initialen eines Namens, die mich schon wieder diesem Zeitgenossen in die Arme treiben, der mir Schnüffelei einreden will und mir ein schlechtes Gewissen macht. Okay. Und was mach ich mit all dem jetzt? Zufall hin, Gleichzeitigkeit her, fehlt bloß noch eine Engelsvision.«

Giovanni überlegte einen Moment, dann fragte er ohne Umschweife:

»Glaubst du denn an Engel?«

Die Frage kam unvermittelt. Markus schaute etwas hilflos, versuchte es dann stotternd und eher ausweichend mit einer witzig gemeinten Gegenfrage:

»Meinst du mit oder ohne Flügel? Irgendwie hab ich das Gefühl, dass man hier in Rom zwangsläufig mit diesen Wesen konfrontiert wird.«

»Auch nur, wenn du entsprechende Antennen hast. Warum so kompliziert? Als Physiker bist du doch gewohnt, mit Unbekannten umzugehen, in mathematischen Gleichungen etwa. Also, jetzt nimm den Engel als eine solche Unbekannte x. Mitten im Alltagstrott erlebst du sogenannte Zufälle, ein wundersames Zusammenspiel, arrangiert von einem Engel, der dich aus dem Rhythmus bringen will, der sich dir in den Weg stellt, dich aus der Fassung bringt, und der damit dein ganzes, von Kausalgesetzen bestimmtes Dasein durcheinanderwirbelt. Engel sind eben unter anderem dazu da, im Verborgenen solche Gleichzeitigkeiten zu arrangieren, solche gnadenvollen Störungen zu produzieren, ohne dabei selber in Erscheinung zu treten. Übrigens bin ich fest davon überzeugt, dass nur, wer seinem Engel vertraut, der sich dir durchaus auch unangenehm und störend in den Weg stellen kann, dass nur der ein Einstein werden kann – oder sonst was Gescheites leisten wird, Herr Physikus!«

Markus schaute auf, sah zu seiner Beruhigung Giovannis ironisches Grinsen und grinste zurück.

»Aha«, sagte er, »so ist das. Also gut. Wenn ich's recht überleg, hab ich bislang keine Einwände. Zum richtigen

Zeitpunkt so eine Art Geistesblitz, quasi als ein kosmischer Energieschub.«

»Du bist clever, Marco! Alle Energie ist Geist oder Atemhauch. Und darin wiederum ist Schwingung. Energie ist in der Welt. Hat keine Ursache.«

»Keine Ursache! sagte die Energie und war einfach da.« Markus musste über seine eigenen Worte lachen.

»Stimmt! Und wenn es keinen Grund für etwas gibt, steht das Tor zur kosmischen Kraft weit offen. Engel besitzen die Schlüssel.«

»Klingt in sich irgendwie schlüssig«, meinte Markus, »aber, mit Verlaub, mir schon wieder zu abgehoben.«

»Na ja, eben wie höhere Mathematik. Oder sehe ich das falsch? Es stimmt doch: alles ist Energie, in gebundener Form oder als Geist oder als Atemhauch. Wenn du jetzt einer Idee, einer Vorstellung Raum gibst, dich nach ihr verhältst, wird aus Geist Materie. Damit will ich sagen: Jeder hat ein Konto mit schwarzen Zahlen. Viele haben aber keine Ahnung davon, einige, die es ahnen, wissen aber vielleicht nicht, wie die Kontonummer lautet, verdrängen den Gedanken rasch wieder, schieben ihn resigniert in den Bereich des esoterischen Zaubers. Sie leben lieber in selbstgemauerten Festungen, fühlen sich vermeintlich sicher und sind doch gefangen, gegenwarts- und zukunftsvernagelt. Und ihre Engel müssen draußen bleiben. So ist es eben. Wenige haben Zugang. Kommen an ihr Kapital.«

»Und wie wird man privilegiert? Wie kommt man an die Kontonummer?«

»Es reicht, dass du hellhörig bist. Hellwach. Und gleichzeitig absichtslos. Nur so kannst du auf Prophetisches in deinem Leben hören, denn zu jedem von uns reden Propheten, Sibyllen, wie geartet auch immer das sein mag. Ich verstehe schon, dass du das mit einer gewissen Scheu betrachtest, zumal als exakt rechnender Naturwissenschaftler, der sich der abendländischen Ratio und ihrer Logik verpflichtet hat. Und trotzdem gilt das alte ›Sei bereit!‹ Engel kommen ›aus heiterem Himmel‹, der Zeitfluss kommt für einen Augenblick zum Stehen, weil für einen Augenblick ein Ausblick gewährt wird. Ein Ausblick in eine andere Dimension. Engel setzen den Kontrapunkt zur Kausalität, sind Retter ohne dass wir sie als solche wahrnehmen, ohne dass wir diese oder jene Situation so interpretieren. Einerseits stört dein Engel die Kausalkette, andererseits liefert er die Gewissheiten, die dir fehlen. So etwas ist weder Esoterik noch Gleichgewichtsstörung, nimm es von mir aus als einen sinnstiftenden Schluckauf.«

»Aha!« sagte Markus und überlegte.

»Du meinst also, ich hätte in Heidelberg einen solchen Schluckauf gehabt?«

Giovannis Gesichtsausdruck ließ keinen Zweifel daran. Dennoch gab er vorsichtig zur Antwort:

»Letzten Endes muss sich jeder seine Lebensbiografie selber formulieren. Aber andererseits wirst du wohl kaum bestreiten wollen, dass das Unerwartete und das Unerhörte in diese Welt und zu dieser Welt gehören. Nur dann ist das Leben ganz. Hast du schon mal etwas von Kairós gehört? Ein griechischer Gott. Er ist nicht gerade einer der bekanntesten in der griechischen Götterwelt. Aber er ist verdammt wichtig. Er heißt, wörtlich übersetzt, ›Entscheidender Augenblick‹, er ist die personifizierte ›Günstige Gelegenheit‹. In Olympia stand eine Bildsäule von ihm, meist wird er mit wehendem Haar dargestellt, verstehst du? Damit man ihn beim Schopfe packen kann. Vorausgesetzt, die Zeit ist reif dafür.«

Total verrückt! dachte Markus, als er spät am Abend sein Hotelzimmer betrat, was man in zwei Tagen alles erleben kann.

Rom. Sixtina. Nacht.

Giovanni stand unbeweglich, beide Hände in den weiten Jackentaschen vergraben, mitten in der menschenleeren Sixtinischen Kapelle. Es war stockdunkel. Er schaute auf die dennoch erkennbaren, geometrisch gearbeiteten Intarsien des Marmorfußbodens.

»Irgendetwas ist anders«, murmelte Giovanni immer wieder vor sich hin. Dann schaute er nach oben.

»War wohl ein Fehler. Hätte es mir ja auch denken können! Na gut, aber ihr habt mir trotzdem letzte Nacht die Wette vermasselt! Ach was! Natürlich weiß ich, dass ihr nur Bilder seid und keine realen Gestalten. Imaginationen des genialen Michelangelo Buonarroti. Natürlich weiß ich, dass eure Zeit längst vorbei ist.«

»Wer weiß? …«

»Etwa nicht?«

»Wir werden sehen.«

»Oder gibt es Nachfolger? Welche, die heute euer Handwerk verstehen. Wenn ja, wo stecken sie? Wo kann man sie hören?«

»Nicht, wo man sie sucht.«

»Nicht hier auf alle Fälle.«

»Hier nicht.«

»In der Wüste?«

»Ein Bild. Was heißt Wüste?«

»Alleinsein. Stille. Distanz.«

»Der leere Raum.«

»Wo ist dieser Ort?«

»An jedem Ort dieser Welt.«

»Wie kann man ihn finden?«

»Wer finden will, wird suchen. Wer sucht, wird finden.«

»Wann sprechen sie dort?«

»Immer.«

»Immer?«

»Immer. Aber kaum einer will es hören. Der Mensch schirmt sich ab, umgibt sich mit den Mauern seines Lärms.«

»Gut. Aber angenommen, einer erreicht diesen leeren Raum, was muss er tun?«

»Mit seinen Augen sehen, mit seinen Ohren hören und mit seinem Herzen verstehen.«

»Würde er denn verstehen?«

»Wer aufhört, verstehen zu wollen, wird verstehen. Wer aufhört, zu wissen, besser zu wissen, wird erfahren, was er weiß.«

»Eine letzte Frage: Wer ist berufen?«

»Jeder.«

»*Wollte Gott, dass alle im Volke des Herrn Propheten wären*, sagte Moses.«

»Richtig. Dann wird gelten, was ich über das kommende Friedensreich prophezeit habe:

Voll wird sein das Land von Erkenntnis des Herrn wie von Wassern, die das Meer bedecken.«

Als Giovanni die Kapelle wieder verlassen hatte, wurde nur vereinzelt noch parliert.

Leise hatte sich die libysche Sibylle Daniel zugewandt. Noch bis zur Morgendämmerung waren sie miteinander ins Gespräch vertieft.

Spekulationen

»Wir treffen uns in den Vatikanischen Gärten«, hatte Giovanni gesagt.

»Und die sind öffentlich?«

»In der Regel nicht, gelegentlich für ausgewählte Besuchergruppen. Wir kommen trotzdem hinein.«

Soll mir recht sein, dachte Markus, Giovanni war ein Rätsel, Rätsel haben auch ihren Sinn und nicht jedes braucht gleich eine Lösung. Also war er wie verabredet an das Eingangstor des deutschen Kollegs gekommen, wo Giovanni bereits auf ihn wartete. Er trug das immergleiche ausgebeulte Jackett, hatte die Hände in den Taschen und war mit einem deftig dickleibigen Geistlichen heftig ins Gespräch vertieft. Als er Markus kommen sah, verabschiedete er sich per Handschlag vom alten Bekannten, um seinen neuen zu begrüßen.

»Du hast den Weg gleich gefunden?«

»Problemlos«, sagte Markus.

»Und du hast demnach letzte Nacht auch heimgefunden.«

»Hör' mal! Die Sterne …«, sagte Markus und grinste.

»Ach ja, verstehe, der Herr Astronom, wie konnte ich das bloß vergessen!«

»A propos, mit deinen Beziehungen zum Vatikan kennst du sicher auch das vatikanische Observatorium.«

»Meinst du Castel Gandolfo oder Mt. Graham bei Tucson?«

»Na ja, beides wahrscheinlich. Aber hier in Castel Gandolfo ist das wohl mehr Folklore.«

»Sie suchen immer noch den Stern von Bethlehem«, sagte Giovanni spöttisch.

»Und pflegen ihren Galileo-Komplex.«

»Das hast du schön gesagt«, lobte Giovanni. »Was hältst du von Galileo?«

»Also wenn du mich fragst, ich glaub, er war ein arroganter Gauner, einer, der sich polemisch in den Vordergrund spielen wollte und der zufällig auch noch Recht hatte.«

»Du meinst, mit Diplomatie hätte er mehr erreichen können«, sagte Giovanni.

»Genau das. Zumal der damalige Papst ja durchaus Sympathien für seine Ideen hegte. Immerhin hat er was rausgekriegt. Hat als erster die Mondkrater, die Jupitermonde und die Saturnringe entdeckt.«

Hinter dem Governatorspalast lag der Garten. Sie wanderten durch den italienischen Teil, gelangten dann bald in den sogenannten Englischen Garten, wo sie auf einer alten Steinbank im Schatten riesiger Bäume Platz nahmen.

»Dort«, sagte Giovanni und zeigte nach Osten, »dort siehst du durch die Blätter hindurch die Päpstliche Akademie der Wissenschaften, Pius XI. ließ sie errichten. Dort treffen sich gelegentlich Wissenschaftler aus aller Welt, um Seine Heiligkeit auf dem Laufenden zu halten.«

Markus schaute in Richtung Akademie und ließ den Blick suchend über den Garten schweifen, wohl wissend, dass Lina, seine Kunststudentin, jetzt durch keinen der Rosenbogen treten würde. Dafür saß neben ihm dieser rätselhafte Giovanni. Eines immerhin haben sie gemeinsam: beide sind vernarrt in die Sixtina.

Markus warf einen prüfenden Blick auf Giovanni, dann gab er seiner Neugierde nach:

»Was sagt eigentlich der Papst zu deinen Sixtinischen Erfahrungen?«

Giovanni schien gar nicht sonderlich erstaunt.

»Er müsste ja erst mal genaue Kenntnis davon kriegen. Und diese Gefahr besteht wohl kaum. Außerdem hat er, glaube ich, andere Sorgen. Ganz abgesehen davon fühlt er sich als Stellvertreter Petri selber prophetisch, ich glaub nicht, dass ihn da die Vorgänger aus biblischen Zeiten groß interessieren. Im Gegenteil.«

»Heißt das, er lehnt sie ab?«

»Das wäre das falsche Wort. Aber seit aus den Religionen Institutionen wurden, ging der prophetische Geist perdu. Aus der ursprünglichen Verheißung entstand die Kirche. Und deren erste Sorge ist die Verwaltung ihrer Macht in der Gegenwart. Prophetie ist Quelle für Veränderung, Unordnung, Unruhe. Also hat die Kirche seit Jahrhunderten das Monopol auf die Prophetie mit Macht an sich gerissen. Was das bedeutet, kannst du dir selber ausmalen. Ironie des Schicksals: die Kirche beruft sich ja immer noch auf die umstürzlerischen Propheten, die gegen die herrschenden religiösen Einrichtungen ihrer Zeit die Stimme erhoben und deren Überwindung vorhergesagt haben. Und die damit, wie man weiß, auch Recht behielten. Wenn du mich fragst, so glauben die Christen heute gar nicht mehr an den Gott ihrer Väter, der ein Gott der Zukunft war. Auch wenn die utopischen, prophetischen Schriften in vielem dunkel und rätselhaft bleiben, sie sind es, die die prophetische Tradition unserer Kultur begründet und damit den Geist der vergangenen Jahrhunderte bestimmt haben. Heute aber hat sich die abendländische Welt vom Geist der Utopie verabschiedet, alles ist Gegenwart, und dieses Hier und Jetzt ist traumlos, die Visionen zerbröseln, sogar die Illusionen.«

Giovanni legte eine Pause ein. Dann fuhr er fort:

»Entschuldige, aber manchmal, da geht mir der Gaul durch. Vergiss einfach alles wieder.«

Markus grinste. »Kommt gar nicht in Frage! Im Gegenteil. Klingt richtig befreiend. Und wenn's der Papst schon nicht wissen will, dann erzähl mir wenigstens, was deine Gestalten an der Decke der Sixtina miteinander zu bereden haben.«

»Geht nicht.«

»Wieso geht das nicht?«

Giovanni verschränkte die Arme, beugte sich nach vorne und sah seinem herausfordernden Gegenüber ins Gesicht und sagte leise, als dürfte es keiner hören:

»Weil mir ein Dämon den Mund verschlossen hat. Und könnte ich ihn öffnen, würden Worte und Wörter herauspurzeln, die keiner versteht, die keinen Sinn ergeben.«

»Kapier ich nicht! Wieso keinen Sinn?«

»Weil, wer weiß, Voltaire vielleicht doch Recht hatte: ›Der erste Prophet war der erste Schurke, der einem Dummkopf begegnete.‹«

»Giovanni, was kostet's, was verlangst du?«

»Marco! Das hat doch nichts mit Geld zu tun. Das hat mit … mit Theologie zu tun, mit einer Logik, die den meisten heute fremd ist. Es klänge absurd für deine Ohren, was ich dir da erzählen würde, fast mein ganzes Leben lang treibe ich mich in diesem Kosmos herum und verstehe immer noch nicht viel.«

»Kapier doch! Als Astronom suche ich ja das kosmische Abenteuer. Und dein Kosmos ist für mich der total unbekannte. Und genau das reizt mich. Also, ich streng mich an. Neugierde ist die beste Voraussetzung fürs Verstehen. Das war schon immer so.«

»Das mag für deine Naturwissenschaft gelten, aber kaum für Prophetisches Reden. Schau her, ich will versuchen, es dir mit einer ganz leichten talmudistischen Übung zu erklären. Da landen zwei Männer durch den Schornstein in einem Zimmer. Der eine hat ein verrußtes Gesicht, der andere nicht. Sag mir: Wer geht zuerst ans Waschbecken?«

»Ja der mit dem verrußten Gesicht«, antwortete Markus ohne langes Nachdenken.

»Na bitte! Schon falsch. Merkst du jetzt, dass es nicht geht?«

»Was soll ich merken?«

»Überleg doch mal: Der mit dem verrußten Gesicht sieht den anderen mit dem sauberen Gesicht, kommt also gar nicht auf die Idee, bei ihm könnte was nicht stimmen, und bleibt, wo er ist. Der andere aber sieht in das Rußgesicht seines Kameraden und geht davon aus, dass, wenn der verrußt ist, er es ja wohl auch sein muss und verschwindet also als erster im Bad.«

»Okayokay«, gab Markus sich geschlagen, »du hast gewonnen! Zweiter Versuch?«

»Einverstanden, jeder hat das Recht auf eine zweite Chance. Also, zwei Männer landen durch den Schornstein in einem Zimmer. Der eine mit einem verrußten Gesicht, der andere mit einem sauberen. Wer wäscht sich zuerst?«

»Aha«, sagte Markus. »Welche Falle stellst du mir diesmal?«

»Was heißt Falle! Denk nach!«

»Also gut: der Saubere geht zuerst.«

»Ich habe es gewusst! Es ist zwecklos. Kannst du dir vorstellen, dass zwei Kerle den Schornstein runterfegen und einer der beiden dabei sauber bleibt?«

Markus schaute ärgerlich ins Blätterwerk des Gartens.

»Soll ich jetzt lachen oder heulen? Zugegeben, der Witz hat was, aber was hat, verdammt noch mal, das Ganze mit dem zu tun, was du in der Sixtina hörst?«

»Seid ihr Astrophysiker alle so hartnäckig? Aber, wer weiß, vielleicht kriegt ihr ja auf diese Weise was raus.«

»Kennst du Bertolt Brecht?« wollte Markus wissen.

»Willst du lieber wieder über Galileo Galilei sprechen?«

»Ganz und gar nicht. Literatur ist nicht so mein Ding. Aber in der Schule mussten wir mal ein Brechtgedicht auswendig lernen, da heißt es, dass man nicht nur den Denker für seine Gedanken loben darf, sondern auch den, der ihm das Gedachte fordernd abverlangt, oder so ähnlich.«

Giovanni schüttelte erstaunt den Kopf, dann stellte sich wieder ein Lächeln ein.

»Du meinst das Gedicht *Leggenda sull'origine del libro Taoteking dettato da Laotse sulla via dell'emigrazione*, wo es am Ende heißt: *Ma non solo al Saggio si dia lode che sul libro col suo nome splende! Ché strappargliela si deve, prima, al Saggio la saggezza. Anche sian grazie dunque al gabelliere Che la seppe volere.*«

Verblüfft und mit offenem Mund schaute Markus auf den Italiener.

»Verdammt noch mal! Ich krieg mich nicht! Du kennst das auf Italienisch?«

»Eine alte Liebe. Aber, du erstaunst mich nicht weniger. Mit deiner Impertinenz, meine ich. Und seltsam, dass du mir ausgerechnet mit diesem Gedicht kommst!«

Giovanni sah beeindruckt auf seinen Nachbarn.

»Jetzt hast du gewonnen! Ich will wenigstens versuchen, dir einen Schritt entgegenzukommen. Pass auf!« Giovanni holte weit aus:

»Weißt du, wie viele Propheten es bei den alten Israeliten bis zur Zerstörung des Tempels – von da an hört das Prophezeien offiziell ja auf – gab? Ganze Heerscharen! Prophetischer Geist war in frühen Zeiten ansteckend. Verzückte, die dir, durch Tanz, Wein oder Bier in Ekstase gebracht, die Zukunft weissagten. In den

Heiligtümern wimmelte es von solchen regelrecht gestörten Gestalten, Wolkendeutern und Traumsehern, auch am Hof trieben sie ihr Unwesen, König Ahab verköstigte allein 400 festangestellte, und somit ihm hörige Seher mit Pensionsberechtigung, denen dann ein einziger, Micha, der Sohn des Jemla, den Mut hatte, entgegenzutreten, sie zu verhöhnen, und der Recht behielt mit seinen Drohungen. Seit jener Zeit hat man begonnen, zwischen den ›wahren‹ und den ›falschen‹ Propheten zu unterscheiden, mal wurden die einen, mal die anderen verfolgt, mit ihnen wurde Politik gemacht, das Volk manipuliert. Erst als die unabhängigen Propheten auftraten, von Gott berufen, von ihm meist gegen deren eigenen Willen ins Amt gedrängt, änderte sich die Lage. Doch wie die einen von den andern unterscheiden? Die schmeichlerischen Lügenpropheten verkündeten nach dem Motto ›Positiv denken!‹ meist schönes Wetter und riefen zum Götzendienst auf, ihre Prophezeiungen waren nichts wert, selbst wenn sie eintreffen sollten. Die prophetischen Freischärler dagegen polterten gegen soziales Unrecht, gegen staatliche Korruption und verkündeten das Ende der etablierten Herrschaft oder die Vertreibung des Volkes ins Exil nach Babylon. Einen Fehler hatten die wahren Propheten tunlichst zu vermeiden: präzise Zeitangaben ihrer Visionen zu benennen. Denn an der Erfüllung des prophetischen Wortes erkennt man schließlich den wahren Propheten. Besser beraten war also, wer mit seinen Vorhersagen im Unbestimmten blieb, *es werden aber Zeiten kommen …* Solche oder ähnliche Formulierungen waren beliebt.

Hananja versprach dem Volk im Babylonischen Exil die Befreiung binnen zwei Jahren, auf den Tag genau, Jeremia dagegen wusste, dass es binnen siebzig Jahren sein wird. Und behielt damit Recht. Ganz falsch packte es Jona an, als er von 40 Tagen sprach, die bis zur Zerstörung von Ninive noch bleiben. Die Drohung war so beeindruckend, dass das Volk samt dem König in Sack und Asche ging und sich in Umkehr übte. Und, was tat Gott? Er hatte Einsehen. Dumm gelaufen für Jona, der einerseits ja für seinen Auftraggeber etwas erreichen konnte, andererseits aber, dadurch dass alles ganz anders kam, plötzlich als falscher Prophet dastand, seinem Gott also zürnte, es immer noch nicht glauben mochte und unbelehrbar draußen vor den Toren Ninives in seiner Laubhütte verharrte.«

Giovanni hatte ein Pause eingelegt. Markus schien noch nicht wieder aus dem Gehörten aufgetaucht zu sein.

»Tja, und wenn er nicht gestorben ist, dann verharrt er dort immer noch. Komm, wir müssen gehen«, sagte Giovanni, »bevor sie uns hier noch einschließen.«

»Wird hier geschlossen? Blöde Frage! Aber weiß man denn, wie lange Jona in seiner Laubhütte sitzen blieb?«

»Keine klaren Auskünfte.«

Sie erhoben sich und gingen langsam wieder Richtung Piazza Santa Marta, von dort an der Sakristei der Peterskirche und dem deutschen Kolleg vorbei zur Piazza del Sant' Uffizio.

»Wieder zurück in der Welt«, sagte Markus, »und

was fang ich jetzt an mit all dem, was du mir da erzählt hast?«

»Na bitte, ich hab es doch gewusst, es führt zu nichts.«

»Doch, wenn ich noch mehr davon erfahre, dann bringt es mir auch was. Ich wollte ja gerade mit meiner Frage eine zweite verbinden.«

»Und wie lautet die?«

»Gehen wir was essen?«

»Gute Frage. Ich bin erleichtert. Gerne, von mir aus. Aber nur, wenn du mir jetzt von deinem Kosmos etwas erzählst, wenn ich jetzt von deiner Wissenschaft etwas erfahren darf.«

Markus blieb stehen.

»Weißt du, was ich jetzt fast gesagt hätte? O Gott, das bringt doch nichts!«

»Ja dann! Dann wären wir ja quitt. Und der Abend gehört den Spekulationen.«

»Was wollt ihr essen?« fragte Alfredo, der endlich Zeit fand, sich um die beiden Neuankömmlinge zu kümmern.

»Gegenfrage: Was empfiehlt uns die Küche?«

»Molto bene! Ich bringe euch etwas und ihr seid einverstanden.«

»Einverstanden!« sagte Giovanni und Alfredo war schon am nächsten Tisch, nahm dort die Bestellung auf, rief ein paar Sätze in die Küche, ein Kellner brachte schon mal Mineralwasser, dann den Weißwein.

»Der ist ausnahmsweise mal nicht von meinem Schwager«, sagte Giovanni und schenkte ein.

Für Markus schien alles etwas schnell zu gehen. »Ach! so funktioniert das?«

»Ist doch nicht schlecht, oder? Auf Alfredos Küche ist Verlass und lieber eine gute Überraschung, als eine schlecht getroffene Wahl. Salute!«

»Auch nicht dumm«, sagte Markus. »Salute!«

»Also«, sagte Giovanni, »am Anfang war der Big Bang. So viel hab ich schon begriffen.«

»Da wären wir bereits beim ersten Problem. Hier im Vatikan hätte man das wohl gerne so. Und vielleicht ist es ja kein Zufall, dass 1931 ausgerechnet ein katholischer Abbé, ausgehend von Einsteins Relativitätstheorie sich die Hypothese von der Entstehung des Universums aus dem Nichts wissenschaftlich ausgedacht hat. Als dann die Physik noch die kosmologische Rotverschiebung als Flucht der Galaxien beschrieb, konnte die etablierte Astrophysik sich mit einer sogenannten Stunde Null arrangieren, sie als ›Singularität‹ definieren. Man betrachtet das Universum also als ein Produkt des physikalischen Vakuums, was bekanntlich so gut wie alle geltenden Naturgesetze Lügen straft, wie etwa das Gesetz von der Erhaltung der Masse und der Energie. Bloß, wer sagt uns, dass es vor dem Urknall nicht schon ein Universum gegeben hat? Denn das sogenannte Phönix-Modell zeigt, wie Materie pulsiert, sich nach dem Urknall ausdehnt, wieder in sich zusammenfällt, um mit dem nächsten Knall wieder auseinander zu stieben.«

»Du willst damit also sagen, dass es vor unserem Anfang vielleicht schon einmal das Ende einer Welt gab, die wiederum ihren Anfang irgendwann genommen hat?«

»Und so weiter. Nobelpreisträger Steven Weinberg geht davon aus, dass Big Bangs in einem Universum, das unendlich alt ist, immer und ewig stattgefunden haben und noch stattfinden werden.«

»Viel Spekulation«, meinte Giovanni nachdenklich.

»Unendlich viel Spekulation! Wir bewegen uns in einem Geflecht aus Hypothesen, die selbst führende Astronomen wie Hubble als irrational bezeichnen.«

Giovanni hakte ein.

»Ich spüre Skepsis, wenn ich mich nicht täusche, nur weiß ich nicht, ob sie lediglich der Urknalltheorie gegenüber besteht oder insgesamt deinem Fach gegenüber.«

Markus lachte. »Vielleicht sowohl als auch.«

Dann stocherte er mit der Gabel im Salatteller, versuchte ein paar singuläre Ruccolablätter aufzugabeln und fuhr dann fort:

»Was den Urknall angeht, so hat für mich eine andere These großen Charme. Danach besteht der Kosmos nämlich ewig, es hat also gar keinen Big Bang gegeben, und die kosmologische Rotlichtverschiebung wird als Ermüdung des Lichts interpretiert. Das Licht von Galaxien verschiebt sich desto mehr nach Rot, je weiter es von uns entfernt ist, es wechselt von Blau über Grün und Gelb zu Rot. Auf dem langen Weg zu uns verliert das Licht im Kampf gegen die Schwerkraft an Energie – und wird rot. So rot etwa wie die Rote Beete in deinem Teller.«

Alfredo hatte inzwischen ein halbes Dutzend Vorspeisenteller geliefert, Fischfilet, Krabben, Muscheln, Salate, gebratene Auberginen, luftgetrockneten Schinken.

Ärgerlich meinte Giovanni:

»Es ist unglaublich, als Giordano Bruno vor 450 Jahren solche Gedanken äußerte, landete er auf dem Scheiterhaufen der Inquisition.«

»Und was lernen wir daraus?« fragte Markus.

»Ganz einfach«, sagte Giovanni, »das Ende der Anmaßungen. Demut als oberste Tugend. Behutsamkeit im Ungang mit fremdem Wissen, mit dem, was andere zu wissen glauben. Deine Wissenschaft ist wichtig, sie erforscht und beschreibt die Natur, den Kosmos, was war und vielleicht sein wird. Und sie prüft. Das alles ist richtig und so wichtig wie die Vernunft. Aber leider auch so einseitig wie die Vernunft. Wir haben mit ihrer Hilfe kirchliche und weltliche Diktatoren vom Thron gestürzt, haben dann aber diese Vernunft als Alleinherrscherin auf den Thron der Moderne gesetzt, inzwischen alle anderen Qualitäten unserer Kultur schnöde vernachlässigt, wenn nicht sogar verteufelt. Und haben so das Gleichgewicht verloren. Genau daran aber krankt unsere Welt. Keiner kann der rasanten Entwicklung in den Wissenschaften folgen, wir reden von Genetik und Genom, von Elektrons und Elektronik und haben dabei die Welt entzaubert.«

»Stimmt! Und die Wissenschaft hat noch nie so große Fortschritte gemacht, wie in den letzten Jahren, was aber letztendlich doch der Welt zugute kommt.«

»Ersteres stimmt, hinters Zweite setze ich ein Fragezeichen. Denn genau dieser Fortschritt hat den Menschen schlicht übersehen, ihn abgehängt, an den Rand der Entwicklung gestellt und dort vergessen. Schau mal: Wir sezieren uns und die Natur bis in die Nanodimension des Mikrokosmos hinein, waren andererseits noch nie so weit in den Makrokosmos vorgestoßen wie heute. Und? Weißt du jetzt, woher du kommst und wohin du gehst? Nach den Devisen: ›Alles unter Kontrolle!‹ und ›Alles machbar, Herr Nachbar!‹ haben wir die Welt und die Menschen ›designed‹, vom ersten bis zum letzten Schnaufer. Und was passiert? Plötzlich muckt einer auf und wagt zu behaupten, das Schicksal ließe sich nicht ›designen‹, die Parzen stünden vor der Tür. Versteh' mich nicht falsch, ich habe nichts gegen den Fortschritt, aber was fehlt, ist der Ausgleich, die Möglichkeit, für jeden einzelnen, sich selber zu definieren, in seinem Leben, in seiner Zeit, in seiner Kultur. Schließlich stellen wir heute wie schon immer die Frage nach dem Sinn. Wir wollen unser Schicksal verstehen und jeder von uns will, wenn möglich, ein Stück weit am Drehbuch seines Lebens mitschreiben. Dabei hilft ihm aber weder das Elektronenmikroskop noch ein letzter Blick auf davonfliehende Galaxien. Eine Wissenschaft, wie du, Marco, sie betreibst, die ihrer eigensinnigen Logik der Rationalität zu folgen hat, kann – so wichtig sie auch ist – dazu wenig beitragen. Im Gegenteil, sie macht rat- und sprachlos.«

»Und deprimiert, stimmt. Aber wer, Giovanni, wer denn dann? Wer soll, wer kann diese Kompensationsleistung erbringen, die du da forderst? Etwa die Politik?«

»Die sicher zuletzt. Nein, schlicht und einfach die Religionen. Schließlich ist das ihr Geschäft.«

Eine Pause war entstanden. Zeit für ein paar Bissen, Zeit zum Nachdenken.

»Ich hab so was vermutet bei dir«, sagte Markus, »geahnt sozusagen. Es macht mich, wie du gesehen hast, auch neugierig. Aber ich muss dir gestehen, dass ich mit der Religion nicht mehr viel anfangen kann. Vielleicht, wer weiß, je älter man wird, vielleicht ist sie was fürs Alter. Aber, bitteschön, was kann in unserer Zeit, zwischen, was weiß ich, Krieg und Kommerz und von mir aus Wissenschaft, was soll da noch die Religion ausrichten?«

»Krieg und Kommerz und Wissenschaft«, wiederholte Giovanni. »Schöne Zusammenstellung, schöne Bescherung. Wir wollen reicher werden, länger leben, und schlagen uns tot. Den Rest tun wir ab mit ›Schicksal!‹ Glaub mir, das ist zu wenig. Wo das gemeinsame Bezugssystem verloren geht, werden alle krank. Seelisch wie körperlich. Und ein unverbindlicher Lifestyle-Religionsmix vom Jahrmarkt der Sinnstifter genügt auf Dauer nicht. Eine funktionierende Kultur braucht verbindliche Deutungsmuster, wir brauchen den Mythos, wir brauchen Geschichten, die wir uns erzählen, in denen wir uns wiederfinden, zur Orientierung, zur Sensibilisierung und zur Bewahrung. ›Das Schicksal‹, sagt der Philosoph, ›mischt die Karten, und *wir* spielen‹. Und, füge ich hinzu, die Religion liefert die verbindlichen Spielregeln.«

»Verdammt Mann! Giovanni, was soll der Scheiß? Mir kommt das Grausen. Willst du im Ernst, dass die Kirche wieder das Sagen hat, mit ihren Dogmen und ihrer Moral?«

»Im Gegenteil.« Giovanni saß ganz ruhig lächelnd da und steckte Oliven in den Mund. »Im Gegenteil!« sagte er unbeirrt. »Vielleicht ist dir aufgefallen, dass ich das Wort Kirche noch kein einziges Mal in den Mund genommen habe. Wir brauchen keine Institutionen mehr, keine Machtapparate, die uns bevormunden, sondern einzig und allein den Raum, der es uns erlaubt, das Gespräch zu führen, den Diskurs, einen Raum des Wortes, für eine nimmer endende Liebesgeschichte mit ihm.«

»Egal, ob katholisch oder protestantisch?«

»Oder jüdisch, buddhistisch oder moslemisch. Das ist mir völlig egal. Solange wir uns etwas zu erzählen haben, jeder aus seinem Glauben heraus, sind wir ein Verein. *Kommt gemeinsam zum Gespräch*, steht im Koran, *damit wir das Gemeinsame finden.* Zu allen Zeiten hat man sich Geschichten erzählt. Kameltreiber am Feuer oder Rhapsoden am Fürstenhof. In der Auseinandersetzung mit diesen Geschichten und Mythen, die unser gemeinsames Erbe sind, stecken die von allen akzeptierten Regeln. Und solange wir uns dieser Auseinandersetzung stellen, zünden wir weder Nachbars Haus an, noch gehen wir uns selbst verloren.«

»Aber jeder Glaube behauptet doch von sich, er sei allein seligmachend«, widersprach Markus.

»Und genau das ist die Sünde. Was uns fehlt, ist der Mut, elastisch zu bleiben. Auch wenn dir dein Nachbar auf die Nerven geht, komm ihm entgegen, geh auf ihn ein. Das meine ich mit elastisch bleiben. Glaub mir, was mich die Decke der Sixtina gelehrt hat, ist genau das: Gott offenbart sich, wo und wie er es will, nicht wie wir Erdenwürmer es ihm vorschreiben wollen. Wenn diese Welt Gottes Garten ist, dann gehört alles dazu, und es ist die verdammte menschliche Überheblichkeit, die bestimmen will, was Unkraut und was Blume ist. Oft genug waren es gerade die, denen wir die Gotteserfahrung nicht vergönnen, die uns zutiefst beschämt haben. Denk an deine Kollegen Sterndeuter, die vor rund 2000 Jahren die große Konjunktion von Jupiter und Saturn im Sternbild der Fische als erste entdeckt haben und daraufhin durch Nacht und Wüste nach Bethlehem gezogen waren. Das waren heidnische Magier, keine frommen Juden, denen die Botschaft zuteil wurde.«

»Von Leonardo da Vinci stammt doch der Satz: *Binde deinen Karren an einen Stern …*«, warf Markus ein.

»Richtig. Leonardo wusste, wovon er spricht!« sagte Giovanni zustimmend.

»Dann propagierst du also die Globalisierung der Kirchen.«

»Sag lieber: des Glaubens. Ja, natürlich! Gott war schon immer ein Global player, nur haben ihn die Menschen aus ihrer lokalen oder regionalen Weltsicht heraus bei sich angesiedelt.«

Giovanni hielt inne, erhob das Glas.

»Prost Marco! Lass uns auf den Global player trinken und auf Sein Wort.«

Markus erhob mechanisch sein Glas, trank und schwieg. Nach einer Weile sagte er:

»Dein Interesse an den Propheten und Sibyllen, an ihren Offenbarungen und Orakeln, das hängt also auch damit zusammen?«

»Durchaus. Denn diese Gestalten waren weniger Schicksalsverkünder, als vielmehr Lebens- und Schicksalsberater. Ob Prophetenwort oder Orakel –, so wie es die Alten verstanden haben, waren das geheimnisvolle Hilfen, die uns von außen zukamen, eine numinose, also im weitesten Sinne eine göttliche Führungshilfe. Würden wir die Fähigkeit wieder erlernen, solche Worte und Zeichen zu verstehen, also dem ›Unerhörten‹ Gehör verschaffen, dann würden wir vielleicht auch die Fähigkeit wiedererlangen, uns zu korrigieren.«

»Sorry, aber mit Rationalität hat das nicht mehr viel zu tun.«

»Vielleicht, weil wir außer ihr sonst nichts mehr gelten lassen. Wie gesagt: Wir brauchen ein neues Gleichgewicht. Die Ratio ist nur eine Qualität unter vielen. Auf das Gleichgewicht kommt es an, auf das Zusammenspiel der Kräfte. Wissenschaftliche Erbsenzähler können furchtbar vernünftig sein, aber ohne kombinatorische Phantasie bleiben sie arme, uninspirierte Würstchen im Wissenschaftsbetrieb. Also fürs Gleichgewicht, für die Mitte, zitiere ich dir zur Abwechslung jetzt zwei Engel: Cherubim und Seraphim, Herz und Verstand, Esprit, Erkenntnis, Erleuchtung. Engel gibt's übrigens in fast allen Religionen.«

Giovanni beugte sich vor, als wolle er ein Geheimnis mitteilen.

»Glaub mir«, sagte er leise und mit Nachdruck, »nirgends ist so viel historisches Gedächtnis wie in der Religion, in ihr steckt die kollektive Erinnerung. Und es ist eine alte Weisheit: In der Erinnerung liegt das Geheimnis der Erlösung.« Giovanni lehnte sich wieder zurück.

»Wie schmeckt dir eigentlich Alfredos Küche?«

»Die Frage kommt etwas unvermittelt«, brummelte Markus, dem die Ratlosigkeit ins Gesicht geschrieben stand, »aber sie kommt mir gelegen«, fügte er hinzu. »Danke der Nachfrage. Sie schmeckt mir ausgezeichnet. Trotz der harten Nüsse, die du mir soeben verpasst hast. Ich werde mir Zeit lassen mit dem Knacken. Aber auch dafür Danke. Wenn's dir recht ist, trinken wir auf – wie heißen die beiden?«

»Cherubim und Seraphim!«

»Cherubim und Seraphim. Also gut, die merk ich mir. Vielleicht besuchen sie mich mal.«

Markus und Giovanni erhoben das Glas. Dann sagte Markus unvermittelt:

»Helfen deine prophetischen Methoden auch bei der Suche nach einer Stecknadel im Heuhaufen?«

Erstaunt schaute Giovanni auf Markus. Dann meinte er:

»Du könntest es eventuell mal mit einem Magneten versuchen. Ansonsten bin ich im Moment etwas ratlos. Vielleicht gibst du mir noch einen Tipp?«

»Schon gut«, sagte Markus, »nicht wirklich wichtig. War nur so eine Frage.«

Nach einer Weile meinte Giovanni:

»Was auch immer sich hinter deinem Heuhaufen verbirgt, oder was für eine Nadel auch immer darin steckt, manchmal tut Abstand gut. Eine meiner Methoden. Mein Vorschlag: Morgen ist Dorffest draußen in der Campagna, wo meine Schwester Irena mit Familie wohnt. Dorffest, verstehst du. Da ist viel los. Mit lauter ganz normalen Menschen, die sich weder um die Rotverschiebung der Galaxien kümmern noch um die Apokalypsen antiker Seher. Bei meinem Schwager gibt's Wein, von seiner Qualität konntest du dich ja bereits überzeugen, und außerdem eigenes Olivenöl und Schinken und viel Natur. Ein kleines Paradies. Wenn es dir dort gefällt, kannst du dich ja gleich für die nächste Weinernte anheuern lassen.« Giovanni lachte.

Markus zögerte, schaute skeptisch.

»Ich weiß nicht, als Tourist unter lauter Einheimischen, die sich alle kennen, da stör' ich doch bloß, erst recht den Familienbetrieb bei deiner Schwester.«

»Wie willst du denn bei einem Dorffest den Familienbetrieb stören?! Außerdem muss viel passieren, bis meine Schwester sich aus der Ruhe bringen lässt. Lass dich überreden! Du wirst es nicht bereuen!«

Nein sagen, dachte Markus, wäre kneifen. Und mitten im Spiel aussteigen wollte er nicht. Und Neugierde war es schließlich auch.

»Also gut. Ich komme mit.«

Alfredo hatte wohl den Schluss des Gesprächs mitverfolgt, trat mit Gläsern und einer Flasche an den

Tisch, schaute, ob die Teller schön leergegessen waren, und wandte sich dann Markus zu:

»Sag mir, wie du diesen Typ mit seinem Gequassel aushältst!?«

Giovanni, wohl ahnend, was jetzt kommen würde, hatte sich lächelnd zurückgelehnt. Alfredo rechnete mit keiner Antwort und fuhr gleich fort:

»Na ja, ich weiß schon, die Höflichkeit verbietet dir, jetzt etwas zu sagen. Aber ich kann's mir ja denken. Damit du aber die Weisheiten unseres Freundes besser verdaust, schenk ich dir einen Grappa ein, etwas ganz besonderes, eine Riserva di cent' anni.«

Elisabetta lässt grüßen, schoss es Markus durch den Kopf. Er lächelte höflich, bedankte sich und musste an Lina denken.

Rom. Sixtina. Nacht.

Giovanni hatte die Türe hinter sich leise wieder abgeschlossen. Langsam, gesenkten Hauptes, durchmaß er die fast völlig im Dunkeln liegende Kapelle. Außer seinen Schritten über den Marmorfußboden war nichts zu hören. Hinter der Chorschranke mit ihrem Eisengitter setzte er sich auf die Bank. Lange saß er schweigend. Dann sagte er leise, mit Blick nach oben: »Ich will es kurz machen. Muss morgen schon früh raus. Hab' heut' Abend wohl wieder zu viel geredet. Was meint ihr?«

»Ihr sagt nichts?« Giovanni schüttelte den Kopf. »Irgendetwas ist anders. Ihr macht mich ratlos. Irgendetwas hat sich verändert. Na ja, vielleicht wisst ihr ja auch von nichts. Ja dann! Dann ist es auch egal. Keine Sorge, ich werde meinen Vortrag von heute Abend nicht noch mal wiederholen. War ja, wie gesagt, vielleicht einmal schon zu viel, wer weiß. Armer Astrophysikus.

Was anderes noch: Als ihr 1510 feierlich enthüllt wurdet, da hat es ganz Rom die Sprache verschlagen. So wie es seither fast täglich den Menschen die Sprache verschlägt, wenn sie hierher kommen. Aber kaum einer will wissen, wieso ihr hier ausgerechnet in dieser Besetzung versammelt wurdet.«

»Es war Michelangelo, ganz allein er, der uns mit

seinem Eigensinn und seiner Wucht und seiner glücklichen Hand hier in der Florentiner fresco-buono-Technik zusammengebracht hat.«

»Aha. Ja dann. Bloß – die Geister, die er rief, krieg ich jetzt nicht mehr los.«

»Sie stehen dir zu Diensten.«

»Ich frag mich, ob's nicht eher umgekehrt ist.«

»Giovanni!«

»Keine Visionen mehr. Keine Offenbarungen. Den Meistern des Zweifels gelang die Entzauberung. Die Botschaft ging verloren. Geblieben sind fromme Texte, mit denen jeder machen kann, was er will. Und ihr da oben, die ihr sie geträumt, erlitten und verkündet habt, ihr seid nur Ikonen, tagaus tagein bestaunt von Besuchern, die sich mit ›Oh!‹ und ›Ah!‹ eine vorübergehende Genickstarre einhandeln, euch ästhetisch goutieren, nichts aber von eurem Zorn, eurer Wut und eurem Ratschlag erfahren. Dafür lauern an allen Straßenecken Sterndeuter, falsche Propheten, Scharlatane.«

»Wie zu allen Zeiten.«

»Wenig tröstlich.«

»Ein Weltgesetz. Die Menschen wollen betrogen sein.«

»Ja verdammt, gibt's kein Gegengift?«

»Giovanni! Hör auf zu lamentieren. Es bleiben die Vermittler.«

»Was meint ihr? Die Engel?«

»Göttliche Boten, Sibyllen, Propheten, Poeten, erleuchtete Denker, hilfreiche Weggefährten, verrückte Wesen.«

»Und schaffen doch kein Paradies auf Erden.«

»Nein, Giovanni, sie leisten viel mehr. Glaub uns: sie retten die Welt. Täglich.«

»Also geh an die Arbeit!«

»Mach weiter!«

»Es ist wichtig.«

»Und du machst es richtig.«

»Und es ist gut!«

»Ja dann! …« Giovanni erhob sich und ging erleichtert Richtung Türe.

»Schlaf dich aus! Und morgen gute Reise!«

»Ah! Wie ich sehe, seid ihr ja doch bestens informiert!«

»Von Haus aus …«

Landpartie

Der klapprige Bus schlängelte sich auf engen Landstraßen durch gelbe Felder, vorbei an mittelalterlichen Gehöften, umgeben von Weinterrassen, quälte sich in schmalen Kehren die Hügel hoch, an schroff im Weg stehenden Felsen vorbei und durch Ortschaften hindurch, die ihr Gesicht über Jahrhunderte hinweg nie verändert haben. Dicht gestaffelt standen die Häuser, die aus dem porösen Tuffsteinfels herauswuchsen.

Im Zentrum, zwischen *alimentari* und Kirchenportal, die Haltestelle. Der Blick in die engen Gassen fiel auf bunt bestückte Wäscheleinen und schmale Balkone, vollgestellt mit Blumentöpfen, aus denen das Gießwasser tropfte. Bougainvilleen schmückten die Hausfassaden. Ein bescheidener Kanarienvogelkäfig hing neben dem grünen Fensterladen. Die Alten saßen in den dunklen Hauseingängen.

Nichtstun, dachte Markus, lässt das Leben dauern, macht es lang, endlos lang und zufrieden.

Gelegentlich, mitten in der menschenleer wirkenden Landschaft, hielt der Bus, weil an der Straßenseite jemand winkte oder weil jemand aussteigen wollte. Und regelmäßig, wenn die Türen klappernd auf und wieder zuschlugen, wehte eine gewaltige Wolke von Blüten- und Kräuterdüften in das Businnere. Aromatherapie, gratis.

Giovanni, der bereits frühmorgens mit seinem Auto gefahren war, über Umwege, weil er noch Leute besuchen wollte, hatte genaue Anweisungen gegeben, an welcher Haltestelle Markus auszusteigen und welchen Fußweg er dann noch zu bewältigen hatte. Der Weg war markiert, und ein altes unscheinbares Holzschild wies die Richtung zu dem auf einer Anhöhe liegenden Wein- und Olivengut. Als Markus durch das gemauerte Tor in den Hof trat, lief ihm bellend ein Hund entgegen, der aber im gleichen Moment von einer Stimme im Haus zurückbeordert wurde. Giovanni kam Markus entgegen.

»Willkommen auf dem Land! Du kommst gerade richtig zum Vesper.« In der großen Küche wurde der Gast den Hausbewohnern vorgestellt, dem Schwager Giuseppe, der mit einer übergroßen weißen Serviette um den Hals am Tisch saß und Weißbrot in Olivenöl tunkte, sich die Finger abschleckte und dann Markus die Hand hinstreckte. Seine Frau Irena, Giovannis Schwester also, die noch am Herd hantierte, trocknete sich die Hände am Schurz ab und sagte: »Sie haben hoffentlich Hunger. Ich koche nur für Leute, die gerne essen«, und war schon wieder mit ihren Töpfen zugange. Dann musste Markus noch den alten Opa begrüßen und die Kinder, deren Namen er sich so schnell nicht merken konnte und die sich über die Eckbank der langen Tafel verteilten.

Es geht auch unkompliziert, dachte Markus, der Platz nahm und der Aufforderung, sich ganz wie zu Hause zu fühlen, erleichtert entgegenkam.

»Es gibt fast nur eigene Sachen«, sagte Irena und bat Markus, zuzugreifen. Der ließ sich das nicht zweimal sagen, was bei der Hausherrin einen sichtlich guten Eindruck machte. Giovanni schenkte Wein ein. Giuseppe wandte sich dem Gast zu:

»Mein Schwager meint, Sie würden nach dem Fest morgen gerne noch ein paar Wochen bleiben, mindestens aber bis zur Olivenernte im November. Soll mir recht sein, hab 40 Hektar Land. Darauf stehen rund 10 000 Olivenbäume, und ich brauch dringend Leute, die unverbraucht sind und denen das Bücken nichts ausmacht.«

Markus glaubte nicht recht zu hören. Erst als er Giovannis Grinsen wahrnahm, schien er den Spaß zu begreifen.

»Na ja, meinem Schwager kann man eh kein Wort glauben, Sie haben das ja sicher auch schon erkannt«, sagte Giuseppe, als er Markus' Gesicht und Giovannis Grinsen bemerkte.

»Immerhin hab ich ihm aufs Wort die Einladung hierher geglaubt und bislang alles wie beschrieben vorgefunden«, sagte Markus.

»Das heißt?« wollte Giuseppe wissen.

»Das heißt, dass Giovanni mir hier ein kleines Paradies versprochen hat, und der erste Eindruck geht exakt in diese Richtung. Und wenn schon, dann würde ich eher sagen, er hat untertrieben.«

»Am besten«, meinte Irena, »Sie stellen sich so wie wir auch darauf ein oder, besser gesagt, sie finden sich damit ab, dass die Welt meines Bruders mit der meines

Giuseppe nicht compatibile ist. Der eine findet die Wahrheit im selbstgekelterten Wein und im selbstgepressten Olivenöl, der andere in himmlischen Spekulationen toter Propheten. Aber Gott sei Dank gibt es im Tiergarten unseres Herrgotts viel Platz …«

Giovanni hatte sein Lieblingsdauerlächeln aufgesetzt, saß da und schwieg. Die Spötteleien seines Schwagers schienen ihm nicht neu zu sein und, wer weiß, vielleicht genoss er sie ja sogar.

Das Wünschelkind

Markus blieb plötzlich wie angewurzelt stehen. »Seh' ich recht oder träum ich?«

»Die junge Frau da drüben kenn ich doch!« sagte er zu Giovanni, als sie auf den mit bunten Lampions geschmückten Kirchplatz kamen, auf dem sich schon Alt und Jung eingefunden hatte, um zu feiern und um dabei zu sein, wenn die vielen kleinen Papierchen pünktlich mit dem letzten Glockenschlag um 6 Uhr abends vom Kirchturm herunterschneiten. Dann nämlich durfte jeder losrennen, um eines für sich zu ergattern, in der Hoffnung, dass es keine Niete war, sondern einer jener 24 Zettel, mit dem man zu den Auserwählten zählt, denen das Wünschelkind später etwas Bedeutendes ins Ohr flüstern würde.

Giovanni blieb stehen.

»Welche meinst du? Die mit dem Gemüsekorb unterm Arm? Ach! Und woher, wenn ich neugierig sein darf?«

»Ich hab dir doch von den beiden Italienerinnen erzählt, die mir in der Sixtina, ohne es zu ahnen, einen Vortrag hielten. Sie war es, die das alles so genau wusste, sie hat sozusagen meine Neugierde geweckt, was du ja gespürt hast. Und sie war es, die mir dann anschließend bei einem Caffè den Tipp mit dem Restaurant und dem Wein gegeben hat.«

»Bello! la bella Coincidenza! Da haben wir's mal wieder. Ist das nicht wunderbar?« Giovannis Gesicht strahlte und Markus verstand gar nichts.

»Sie ist meine Nichte, die Tochter meiner Schwester, welche mit dem Wein- und Olivenbauern Giuseppe verheiratet ist und dem dieses Landgut hier gehört.«

»Wie bitte?« stotterte Markus und schaute in dem Moment nicht gerade sehr intelligent aus. Er schien wirklich nichts zu verstehen, weshalb Giovanni fortfuhr:

»Eigentlich hätte ich ja selber draufkommen müssen, denn so viele junge Frauen gibt es ja gar nicht, die Giuseppes Wein empfehlen könnten. Außerdem studiert Lina Kunstgeschichte und erklärt dir Michelangelos Decke in der Sixtina, bevor sie dir dann Giuseppes Wein empfiehlt!«

»Genau, sie heißt Lina, und ihre Freundin war eine Elisabetta.«

»Die wiederum Linas Cousine ist, weil deren Mutter Giuseppes Schwester ist und so weiter. Aber das ist ja alles nicht so wichtig. Komm mit, vielleicht erinnert sich Lina noch an dich!«

Doch bis zu Giovannis Nichte war der Weg weiter als gedacht. Denn von allen Seiten wurde er begrüßt, alle wollten mit ihm reden, er war der Römer, der schon vor langer Zeit sein Dorf verlassen hatte, und der seitdem nur gelegentlich zu Besuch kommt. Man erzählt sich viel über ihn, weiß, dass er beim Vatikan zu tun hatte, aber nicht beim Papst, eher in der Wissenschaft, der Theologie vielleicht, oder in der Kunst, die Bibliothek würde er auswendig kennen, spottete sein Schwager, der aber auch nichts Genaueres wusste und den es auch kaum interessierte, klar, Giovanni war der Bruder seiner Frau und somit eine wichtige Person in der Familie, aber so sehr Giovanni den Wein seines Schwagers schätzte, so wenig hatte dieser etwas für den Geistesarbeiter in Rom übrig. Außerdem kursierten natürlich auch in der Familie Gerüchte über Giovannis Tick mit den Propheten und Sibyllen, aber, wie gesagt, so ganz genau wusste es keiner, und Giovanni selber redet nichts oder wenig, und wenn schon, dann garantiert nicht über sich.

»Ach!« sagte Lina erstaunt, und dass sie errötete, war unverkennbar. »Onkel Giovanni mit meiner sixtinischen Bekanntschaft!« Onkel und Nichte nahmen sich in den Arm, dann reichte Lina Markus die Hand.

»Jetzt versteh' ich die Welt nicht mehr!«

»Ausgerechnet!« sagte Giovanni, »dabei ist es doch deine Schuld!«

»Meine? Wieso?«

»Na, wer hat denn das Restaurant empfohlen und den passenden Wein aus dem väterlichen Weingut?!«

»O je! Und natürlich hab ich dabei völlig verdrängt, dass du dort Stammgast bist und unschuldige Gäste mit deinen Vorträgen belästigst.«

»Tut mir wirklich leid«, sagte Lina mit gespieltem Bedauern zu Markus und fügte lächelnd hinzu: »das habe ich natürlich nicht bedacht.«

»Im Gegenteil, ich muss Ihnen ja dankbar sein, ohne

Giovanni wäre ich wie ein stinknormaler Tourist durch Rom gelatscht und – noch viel schlimmer: wir wären uns nicht wiederbegegnet!«

Ein Lächeln huschte über Linas Gesicht. »Stimmt«, sagte sie. Fügte dann schnell hinzu:

»Sicher hat Ihnen Giovanni schon von unserem bedeutenden Fest erzählt. Sie müssen unbedingt mitmachen. Wer weiß? Vielleicht haben Sie ja Glück. Ich drück die Daumen! Bis später, Onkelchen, Mama wartet aufs Gemüse.«

Das ganze Dorf war gekommen. Alles was Beine hatte, war unterwegs. In allen Gassen drängten sich die Leute und je näher man dem Kirchplatz kam, desto enger wurde es, schließlich wollten alle dabei sein, wenn die vielen kleinen Schnipsel aus dem Glockenturm heraus vom Himmel schneiten. Alle, groß und klein, alle, denen das Glück bislang nicht hold war, wollten versuchen, eines der begehrten Lose zu ergattern, in der Hoffnung, dass es keine Niete war. Hübsches Kinderspiel, dachte Markus belustigt, rannte dann aber, als der Böller krachte, plötzlich auch los, erwischte noch im Herunterflattern eines der begehrten Zettelchen, blieb mitten im Gedränge stehen und hielt die Luft an. Dann blätterte er es auf und las: *Felicitazione! Hol dir dein Versprechen!*

Als er aufsah, fiel sein Blick auf eine Gruppe junger Frauen, die das Treiben aufmerksam verfolgten. Mittendrin Lina, die ihn lächelnd beobachtet hatte. Mit dem Daumen nach oben gab er ihr ein Zeichen. »Bravo«, schien sie durch den Trubel hindurch zu sagen, dann war schon er an der Reihe, ging zum Wünschelkind, das am Eingangsportal zur Kirche auf einem mit herbstbunten Weinblättern geschmückten Thronsessel saß, mit einer Blumenkrone im schwarzen Haar. Als Markus dem Mädchen sein Los entgegenhielt, flüsterte es in bedeutungsvollem Ton: »Ich werde einen ganz besonders schönen Satz für dich aus meinem Korb holen«, wobei es einen der Zettel herausnahm, ihn auffaltete und schaute, was darauf stand. Dann, zu Markus gewandt:

»Komm her, ich sag's dir ins Ohr. Hier steht: ›Cerca il tuo angelo, piccolo che sia‹. Hast du verstanden?«

»Ja, ich hab verstanden. *Suche deinen Engel, so klein er auch sein mag.* Und sagst du mir auch, was es zu bedeuten hat?«

»Irgendwann«, sagte das Wünschelkind, »wirst du es erfahren. Vor allem aber denk daran: bis dahin darfst du keinem etwas verraten!«

Italienische Nacht. Überall in den Bäumen hingen bunte Lampions. Markus schlenderte über den dichtbevölkerten Platz, vorbei an der Bocciabahn bis zu den Arkaden, wo er sich ein Stück Lammfleisch vom großen Grill besorgte und dazu den Wein vom Fass, setzte sich an einen der Tische, aß, trank und beobachtete die Szenerie. Am Nebentisch bahnte sich zur gleichen Zeit ein familiäres tête-à-tête an.

»Und, Onkelchen, was macht deine Kapelle? Willst du mir denn nicht endlich verraten, was deine Propheten und Sibyllen vom Himmel der Sixtina herab dir so alles erzählen?«

Lina hatte sich schmeichlerisch neben Giovanni auf die Bank gesetzt, ihm dann den Arm auf die Schulter gelegt.

»Manchmal, liebe Nichte, da sagen sie einfach gar nichts. Dann übt sich mein Himmel in beredtem Schweigen. Und das ist dann wiederum so vielsagend, dass es keinen was angeht.«

»Auch deine Lieblingsnichte nicht?«

»Meiner Lieblingsnichte erzähl ich, wie du weißt, fast alles. Aber was die Propheten bewegt und was die Sibyllen mir zuflüstern, das interessiert die Menschheit einen Dreck, und ich glaube, auch meine Nichte nicht die Bohne.«

Sie nahm ihren Arm von seiner Schulter, stand auf und setzte sich ihrem Onkel jetzt gegenüber.

»Onkel Giovanni, jetzt spricht zur Abwechslung mal nicht das dir so wohlvertraute Schmeichelkätzchen, sondern deine Nichte, die schon richtig groß ist, die demnächst ihr Examen in Kunstgeschichte machen wird. Und sie wäre dir richtig dankbar, wenn du sie endlich mal ernst nehmen würdest. Ob du es weißt oder nicht, und ob du es wahrhaben willst oder nicht, ohne dich hätte ich wahrscheinlich nie Kunstgeschichte studiert. Wie ein Besessener hast du mich Sonntag für Sonntag und sooft du meiner habhaft werden konntest, an die Hand genommen, hast mit mir ›deine Sixtina‹ besucht, hast mich mitgeschleift in Museen, alte Kirchen und Kunstgalerien, standest voller Bewunderung vor den Meisterwerken, hast mir zu jedem Bild Geschichten erzählt, warum Pallas Athene mit zärtlicher Hand und mit einem so wehmütigen Blick ihrem Zentauren über den Kopf streicht, und warum und in welcher Ecke eines anderen Gemäldes der Künstler sich selbst verewigen wollte. Von Mal zu Mal mehr hast du in mir eine Begeisterung geweckt und hast wahrscheinlich gar nicht gemerkt, wie sehr ich dich in diesen Momenten bewundert habe. Gut, dann kamen andere Zeiten, ich war nicht mehr so oft in Rom, war älter geworden, hatte andere Interessen. Aber dann wollte ich eben doch Kunstgeschichte studieren. Weißt du noch Papas Kommentar? ›Brotlos‹, sagte er lapidar. Und zur Mama sagte er: ›Das haben wir deinem verrückten Bruder zu verdanken!‹ Na ja, er war ja dann Gott sei Dank doch einverstanden, und ich hab es bis heute auch keinen Tag bereut. Aber dass du mir nicht sagst, was du weißt, finde ich schon komisch. Klar, die Familie hat dich nicht immer ganz ernst genommen, hat deine eigenwilligen Entscheidungen nicht immer gutgeheißen, aber letztlich ging es nur dich was an, und inzwischen können ja auch alle ganz gut damit leben. Ich hab dir ja gesagt, dass ich meine Examensarbeit über Michelangelo schreibe. Wenn du etwas weißt, dann erzähl es mir!«

Lina machte eine Pause. Ihr Onkel schaute vor sich hin, lächelte ausnahmsweise mal nicht.

»Was ich weiß, ist belangloses Zeug, es sind alte Geschichten. Ein kosmisches Durcheinander, ich hätte nie darüber reden sollen, vielleicht ist alles bloß Einbildung, auch dieses Stimmenhören, manchmal sind es bloß einzelne Wörter, manchmal halbe Sätze, ich wüsste gar nicht, wie festhalten, in Sprache fassen, und schon gar nicht, wie aufnotieren.«

»Du bist ganz schön stur, Patenonkel. Das habe ich wahrscheinlich auch von dir geerbt. Deshalb werde ich auch nicht locker lassen.«

Giovannis Nichte erhob sich, drohte ihrem Onkel scherzhaft mit der Faust und gab ihm einen schmatzenden Kuss auf die Backe.

»Ciao«, sagte sie und ließ ihn sitzen. Giovanni schenkte sich Wein nach und steckte sich ein paar Oliven in den Mund.

»Biest!« murmelte er. Und nach einer Weile: »Eigentlich hat sie ja Recht. Aber es ist zwecklos, es funktioniert nicht, irgendetwas hindert mich.«

»Ist die Welt nicht schrecklich klein manchmal und voller Zufälle? Aber eigentlich hätte ich mir ja denken können, dass Sie Giovannis Bekanntschaft machen, wenn ich Ihnen sein Lieblingsrestaurant nenne und auch noch Werbung mache für den Wein meines Vaters.«

Lina war zu Markus an den Tisch gekommen, blieb kurz stehen, setzte sich dann, spielte mit dem leeren Glas in ihren Händen, während Markus versuchte, seine Verlegenheit zu überspielen.

»Zufall, sagen Sie? Für Ihren Onkel gibt es ja so etwas wie den Zufall gar nicht.«

»Tja, wie würde er dann wohl diese Begegnung interpretieren?« fragte Lina lächelnd und fügte mit einem kleinen Stoßseufzer hinzu: »Er hat es gut, er holt sich Rat bei seinen Sibyllen und Propheten.«

»Glauben Sie daran? Also glauben Sie wirklich, dass er der Meinung ist, die redeten von der Decke der Sixtinischen Kapelle zu ihm runter?«

Lina lehnte sich zurück, kämmte mit den Fingern ihr Haar nach hinten und sagte dann:

»Wenn ich ganz ehrlich bin: Ich weiß es nicht, was ich glauben soll. Giovanni ist mein Patenonkel, ich kenne ihn seit ich mich kenne, ich liebe ihn und weiß doch nicht, was ich denken soll. Er ist mir und uns allen schon immer ein Rätsel. Und eigentlich ist es mir fast egal, woher er sein Wissen hat, vorausgesetzt, er lässt andere daran teilhaben.«

»Dann redet er also selbst Ihnen gegenüber nicht von seinen Nächten in der Kapelle?«

»Kein Wort! Ob Nächte oder Tage ist mir völlig egal, aber vielleicht könnte ich ja das eine oder andere von dem, was er weiß, gebrauchen. Und, abgesehen vom Studium, er hat mich hineingezogen in diese Welt und braucht sich nicht zu wundern, wenn ich jetzt nicht locker lasse.«

Sie ist anmutig und selbstbewusst, dachte Markus, fragte dann: »Was wollen Sie tun? Giovanni ist, glaube ich, ein ziemlich sturer Mensch.«

»Ich bin's auch!« kam es wie aus der Pistole geschossen zurück.

»Verwandtschaft?«

»Sieht ganz so aus!«

Auch Markus spielte mit seinem inzwischen leeren Glas in der Hand.

»Ich mein, wenn Sie eine Idee haben, wie ich helfen kann …«

Lina lachte. »Das ist nett von Ihnen, aber was andere in Jahren nicht schaffen, das werden Sie sicher nicht in ein paar Urlaubstagen hinkriegen. Außerdem gibt es in Rom außer meinem Onkel noch mehr zu erleben.« Lina hatte sich wieder erhoben. »Auf alle Fälle wünsche ich Ihnen noch ein paar schöne Tage in der Ewigen Stadt.«

Sie reichte Markus mit einem freundlichen Lächeln die Hand. »Sie müssen entschuldigen, so langsam werde ich müde, und morgen muss ich früh raus.«

Nein, dachte Markus, als er mit seinem leeren Glas in der Hand nach einer Weinquelle Ausschau hielt, sie wirkt nicht gerade so, als wäre sie mir verfallen. Wieso auch! Depp!

Die Nacht war mild, ihr Atemhauch voller Gewürze, und auch ein bisschen Kummer lag jetzt in der Luft. Noch wurde ringsum gefeiert. Markus ging über den Platz Richtung Weinlaube.

Wie weit weg jetzt doch Heidelberg ist samt Astrophysik und Institut. Und kein Gedanke an Claudia. Kaum einer. Auf alle Fälle kein schlechtes Gewissen, kommt nicht in Frage.

Abstand tut so gut. Lina da drüben, die doch eigentlich müde sein wollte, schlafen gehen wollte, immer noch umlagert wird, immer mit irgendwem im Gespräch ist. Und dort Giovanni, jetzt gerade vom Bürgermeister in Beschlag genommen. Was für eine Familie! Ich will und ich werde morgen Lina noch einmal treffen, aber bitte ohne den Onkel und ohne sonst wen.

Markus hatte sich in der Weinlaube auf einen Klappstuhl gesetzt, schloss die Augen, träumte vor sich hin und dachte an Lina. Warum kommt sie jetzt nicht einfach hierher, setzt sich auf einen der Korbstühle, hat Zeit und Lust, dann auch sitzenzubleiben, sich fallen zu lassen. Gespräche führen, egal über was. Ihre Stimme hören, heimliche Blicke austauschen. Dann vielleicht aufstehen, ein paar Schritte spazieren gehen, sich auf die kleine Steinmauer setzen, welche die Terrasse begrenzt, von dort aus über das Land schauen, über Raum und Zeit hinwegschauen, vielleicht was sagen, vielleicht schweigen. Lange nichts sagen. Bis das Fest zu Ende ist und die ganze Welt schweigt. Dann, irgendwann, sich in die Arme nehmen, endlos lang, endlos lang sich festhalten, sich nimmer loslassen, sich drücken, die Nase im langen Haar verstecken und dann tief durchatmen, bis irgendwann der Mut kommt, sich in die Augen zu schauen, die alles verraten, unausweichlich. Dann …

Dann stand plötzlich Giuseppe, Winzer, Olivengärtner und Schwager von Giovanni, und – ach! – Vater der zauberhaften Lina, mit einer Weinflasche und Gläsern in der Laube und kam auf Markus zu.

»Hier, halt mal das Glas, von dem musst du probieren! Meine Gran Riserva!«

Markus, wie auf frischer Tat ertappt, erhob sich, gehorchte folgsam und noch etwas benommen, wie ihm befohlen. Giuseppe schenkte ein.

»Salute!«

Aha, eine private Weinprobe, dachte er, und nahm kennerisch einen Schluck.

»Also?!«

»Ich find keine Worte!«

»Na also, komm, trink noch einen Schluck!« Giuseppe schenkte nach.

»Und, wie fühlst du dich bei uns? Du wirkst so, wie soll ich sagen, so melancholisch. Es gibt nur zweierlei, entweder hast du Heimweh oder Liebeskummer. Oft ist es ja ein und dasselbe. Oder sind die Deutschen allgemein so nachdenklich?«

»Keine Ahnung«, sagte Markus, »ich bin's zuweilen, muss ja auch erst mal verdauen, was so alles auf mich einstürzt. Hier der Empfang, eure Gastfreundschaft …«

»Na, na, na, darüber brauchen wir nicht zu reden, das ist doch selbstverständlich. Außerdem hat meine Frau dich schon in ihr Herz geschlossen.«

»Na ja«, sagte Markus, »aber es beeindruckt mich schon. Schon in Rom, kaum war ich angekommen, passieren mir die verrücktesten Sachen, hab ich die absonderlichsten Erlebnisse, Begegnungen, Zufälle.«

»Molto bene, um so besser. Dann hast du ja Grund genug, zufrieden zu sein!« sagte Giuseppe und fügte hinzu: »Für meinen Schwager gibt es keine Zufälle, aber wie auch immer, nimm' es, wie es kommt, und genieße deinen Urlaub.«

»Das will ich auch, und mit diesem exzellenten Wein und dem Schinken dazu, der eine wahre Wonne ist, fällt mir das auch überhaupt nicht schwer. Bei euch hier lebt man ja wirklich wie im Paradies!«

»Da hast du nicht ganz Unrecht, uns geht es nicht schlecht. Außerdem kommst du direkt in die Festtagsstimmung, wo sich alle vertragen. Oder zumindest so tun. Aber deshalb gibt es ja die Festtage. Man isst und trinkt und singt die alten Lieder. Das ist überall so und wahrscheinlich ist es bei euch in Deutschland auch nicht anders.«

»Stimmt. Aber ihr hier seid von der Sonne verwöhnt, habt diesen wunderbaren Wein, dazu die eigenen Oliven und«, fügte Markus lächelnd und mit besonderer Betonung hinzu, »und ihr habt das Wünschelkind!«

»Na bitte! Und du Glückspilz, du kommst zum ersten Mal hierher zu diesem Fest und bist gleich unter den Auserwählten! Manche versuchen es jahrelang, bis sie endlich mal Glück haben. Na ja, und manchmal muss man dem Glück dann halt auf die Beine helfen. Unser Wünschelkind ist eine wunderbare Sache!«

»Den Eindruck hab ich auch«, sagte Markus. »Ich glaub, ihr nehmt euer Fest ganz schön wichtig.«

»Und wie! Was glaubst du, wie stolz man hier darauf ist und wie sich die Eltern im Dorf darum reißen, dass ihr Töchterchen auch einmal zum Wünschelkind ernannt wird. Eine große Ehre. Aber genauso wichtig ist es, dass einem das Wünschelkind einmal etwas ins Ohr flüstert. Einen Satz fürs Leben sozusagen.«

Giuseppe grinste.

»Na ja, ich will nicht übertreiben, aber für viele ist es das. Und das ist schon recht so.«

»Man darf also nur einmal daran teilnehmen.«

»Natürlich nur einmal, es ist, wie gesagt: ein Wort fürs Leben, ein Satz, der seine bleibende Gültigkeit haben soll.«

»Und woher stammen die Sätze?«

»Das ist das große Geheimnis. Nur die Ältesten hier im Ort wissen das, dazu gehören natürlich auch der Bürgermeister und der Pfarrer, und immer, wenn einer von denen stirbt, wählen sie einen neuen in den Kreis, der eingeweiht wird. Frag mich jetzt nicht, woher sie ihre Weisheiten nehmen, die sie dann auf kleine Zettel schreiben und in den Korb legen, aus dem das Wünschelkind sie später wieder herausgreift. Du hast es ja miterlebt. Auf alle Fälle passt es immer.«

Markus schaute skeptisch. »Du meinst, die Worte passen immer für den, dem sie zugeflüstert werden?«

»So ist es.«

»Und woher wisst ihr das so genau?«

»Weil es schon immer so war und die Leute es ja bestätigen. Mal wissen sie sehr schnell, was ihnen der Satz zu bedeuten hat, manchmal erfahren sie es erst später, nach ein paar Jahren vielleicht, aber irgendwann macht es klick, und dann darf man ja auch darüber reden. Was manche tun, andere wieder nicht. Aber alle bestätigen, dass es so ist.«

»Mir ist mein Satz bisher ein Rätsel«, sagte Markus.

»Das behaupten die meisten im ersten Moment. Du wirst schon sehen: ›irgendwann kommt dir der Satz entgegen‹, wie mein Schwager so klug zu sagen pflegt. Komm, wir müssen zurück zu den andern, fürs Philosophieren bin ich eh nicht der richtige.«

Mit einer auffordernden Armbewegung schob Giuseppe seinen Gast zurück zu den andern, wo die Musik spielte, im wahrsten Sinn des Wortes.

Giovannis Schwestern

Als Markus am nächsten Morgen noch recht verschlafen in der großen Küche zum Frühstück erschien, war Irena schon mitten in den Mittagessensvorbereitungen.

»Buon giorno, Marco!«

Aus dem Backofen holte sie einen verführerisch duftenden Pfirsichkuchen. »Den gibt's zum Nachtisch.«

Sie stellte ihrem Gast einen frisch aufgebrühten Caffè mit Milch auf den Tisch.

»Sie nehmen, wonach Sie Lust haben. Schinken oder Käse. Und den Honig müssen Sie probieren, er ist dieses Jahr besonders gut, Honig von meinen Bienen, sie wohnen direkt neben dem Lavendel.«

»Ich bin doch nicht etwa der letzte?« fragte Markus.

»Na hoffentlich sind Sie es! Im Urlaub gelten andere Gesetze. Giuseppe ist bereits im Weinberg, Sie werden ihn heute Nachmittag sicher mal besuchen, Clarissa und Filippo nehmen morgens um halb acht den Schulbus, und Giovanni und Lina sind etwa zur gleichen Zeit wieder nach Rom aufgebrochen. Schade, dass sie schon fahren mussten. Da aber Lina heute Abend wieder in Rom sein muss, war es so eben am geschicktesten. Um so schöner, dass Sie noch bleiben können! Haben Sie gut geschlafen?«

Markus blieb gleich der erste Bissen im Hals stecken. Lina abgereist? Dabei wollte er doch …

»Viel zu gut«, sagte er, um schnell etwas zu sagen. Und fügte etwas banal hinzu:

»Und gut gebechert hab ich gestern Abend auch.«

»Haben Sie etwa einen dicken Kopf?«

»Nein, überhaupt nicht, obwohl ich normalerweise nicht so viel vertrag.«

»Von Giuseppes Wein kriegt man kein Kopfweh. Gefährlich sind die Schnäpse. Aber die müssen ja auch nicht sein. Ihr in Deutschland, ihr trinkt ja wohl eh nur Bier.«

»Ich weiß, das denkt man im Ausland. Und für manche Gegenden stimmt das auch, aber bei uns im Südwesten wird sogar viel Wein angebaut.«

Markus hatte plötzlich einen Riesenhunger. Er aß und ließ dabei Irenas Redefluss über sich ergehen.

»Außer mir sind alle ein bisschen verrückt«, sagte sie plötzlich wie aus heiterem Himmel und saß dabei so barock wie gemütlich da und putzte ihr Gemüse.

»Sie meinen Giovanni?«

»Zum Beispiel.«

»Der Arme!«

»Der und arm? Keineswegs!« Irena lachte.

»Ich versteh's nicht, einerseits ist er eine ortsbekannte Persönlichkeit, das hat man gestern Abend ja deutlich gesehen, wie er da oft der Mittelpunkt war. Dann aber macht man sich auch wieder über ihn lustig oder, schlimmer noch, man nimmt ihn nicht ganz ernst.«

»Keine Sorge, das hält er aus. Vielleicht braucht er das sogar, nicht ganz verstanden zu werden von uns Normalmenschen. Schließlich steht er auf Du und Du mit den Propheten und den Sibyllen und ähnlichen höheren Wesen. Ich meine das jetzt gar nicht abschätzig, soll mir recht sein, vielleicht kriegt er was raus, vielleicht hilft es ihm und uns und der Menschheit.«

»Das klingt aber schon recht spöttisch.«

»Nehmen Sie es, wie Sie wollen! Aber das können Sie mir ruhig glauben: mein Bruder ist genial und verrückt in einem, und das ist ja auch gar nicht so schlecht. Es kommt eben darauf an, wie einer verrückt ist und was er daraus macht. Ich hab mich oft gefragt, wieso das in unserer Familie so gehäuft auftritt, sicher bin ich es auch auf meine Weise, und unsere Schwester Sophia, fast fünfzig und immer noch eine bildhübsche Frau, sie ist es inzwischen als überzeugte Einsiedlerin auf ihre Weise erst recht. Sicher hat Ihnen mein Bruder schon von ihr erzählt. Auf sie war er immer besonders stolz, viel mehr als auf mich. Na ja, die beiden sind auch altersmäßig enger beieinander, waren als Kinder schon ein Paar.«

»Von einer zweiten Schwester war noch nie die Rede«, sagte Markus erstaunt.

»Das wundert mich.«

»Na ja, ich bin gerade mal eine Woche in Italien und zur Familie gehör ich ja auch nicht.«

»Wenn Giovanni an jemandem einen Narren gefressen hat, was nicht so oft vorkommt, dann ist das etwas Besonderes, da können Sie sich durchaus was drauf einbilden. Aber fragen Sie ihn doch mal, warum er Ihnen noch nichts von seiner Sophia de Crescenzo erzählt hat.«

»Wie heißt sie?« fuhr es Markus heraus und er erschrak zugleich über seine unvorsichtige Reaktion. Sofort fielen ihm die Initialen auf der Rückseite des Biglietto ein. Spinn' ich oder was?! Und sofort musste er an Giovannis seltsame Reaktion denken, verdammt, jetzt erst wurde ihm klar, wie komisch der dreinschaute, als sie sich in der Via Luigi Santini begegnet waren. Lass dir jetzt bloß nichts anmerken! dachte Markus und überlegte, was er schnell Belangloses fragen könnte.

»Und sie wohnt auch in Rom?«

»Früher hat sie dort gewohnt, da wo jetzt Giovanni wohnt. Bis sie – Lina hatte Kommunion, deshalb weiß ich das noch so genau – bis sie beschloss, in den Süden zu ziehen, wo sie seither fast das Leben einer Eremitin führt. Mein Gott, wie die Zeit vergeht! Und seither wohnt sie da unten, bei Herculaneum, vielleicht sagt Ihnen das was, in der Nähe von Cumae, wo in alten Zeiten mal eine Sibylle gehaust hat, das passt zu ihr, sie sagt zuweilen Sachen, die keiner versteht, na ja, wie gesagt, wir sind alle ein bisschen verrückt, bloß, bei meinem Giuseppe kann ich mir solche Spinnereien nicht erlauben, ich hab mich da ganz auf die Küche verlegt, das bringt in gewisser Weise auch Ruhm. Und erst Recht Umfang.« Irena lachte.

Markus verstand nicht: »Was meinen Sie mit Umfang?« »Na, schauen Sie mich doch an! und Giuseppe!

Das kommt ja nicht von ungefähr, das verdanken wir meiner Küche!«

Sie sagte es mit Stolz in der Stimme und sie lachte dabei, und der ganze Umfang lachte mit.

Entdeckungen

Immerhin hatte Giovanni vor seiner Abreise nach Rom noch präzise Tipps gegeben. So könne Markus, bis er, Giovanni, in drei Tagen dann wiederkomme, einen kleinen Dianatempel besichtigen, der eigentlich ursprünglich ein Isistempel war, aber das sei eine andere Geschichte. Den trägen Eidechsen dort auf den umgestürzten Marmorsäulen müsse er auf alle Fälle Grüße bestellen. Anderntags solle er dann in eine kleine Schlucht hinabsteigen, bis zu einem im Sommer fast ausgetrockneten Fluss, wo man, auf allen Vieren kriechend, im steinigen Flussbett einen japanischen Garten bewundern könne, etwas, das er sicherlich noch nie gesehen habe. »Dort findest du das Beharrende im Fließenden. Das Große im Kleinen. Das richtige Programm für einen meditativen Nachmittag«, hatte er hinzugefügt.

Schließlich müsse er ins Dorf, dort erst die Kirche besichtigen, zum Abschluss könne er bei der alten Carla die köstlichsten Walderdbeeren der Welt kaufen, »fragole per tutti i gusti«.

Also wanderte Markus zu den steinernen Zeugen einer längst vergessenen Antike, hob Scherben auf, ließ sie wieder fallen, steckte dann doch eine kleine Tonscherbe, die kaum noch wahrnehmbare Spuren eines Ornaments ahnen ließ, in die Tasche. Er saß lange, ließ sich die Sonne auf den Rücken brennen und wartete auf die Echsen, bis diese endlich auftauchten, mit ruckartigen Bewegungen über marmorne Tempeltrümmer huschten, dann starr verharrten, einige Zeit träge in der Sonne lagen, die stumm übermittelten Grüße regungslos entgegennahmen und schon beim leisesten Geräusch wieder verschwunden waren. Nachmittags wanderte Markus wie von Giovanni empfohlen in eine kleine Schlucht, tauchte ein in den Mikrokosmos eines fast ausgedorrten Flussbetts, kletterte über sonnengebleichtes Gezweig, das ihn an urzeitliche Knochen mythischer Wesen erinnerte, beobachtete Käfer, Fliegen, Schmetterlinge und ihm völlig unbekanntes Krabbelgetier, fühlte sich ganz klein und fühlte sich ganz groß und fühlte sich wieder unendlich weit weg von zu Hause, vom oft so nervigen Laboralltag und seinem wenig glanzvollen Beziehungsleben.

Reisegefährten und andere Engel

Als Markus durch das romanische Portal die kleine Dorfkirche betrat, war außer ihm nur noch ein altes Mütterchen da, das gleich in der ersten Reihe vor dem Altar saß, still ins Gebet versunken. Er wandte sich nach rechts, wie Giovanni es ihm befohlen hatte, um in der ersten Seitenkapelle ein Fresco mit der Tobit-Geschichte zu entdecken.

»Was für eine Geschichte?« hatte er gefragt.

»Armer Protestant!« hatte Giovanni mit übertriebenem Bedauern geantwortet, »euch wird eine der schönsten Engelsgeschichten der Bibel vorenthalten, obwohl Luther sie übersetzt hat.« Und er brachte Markus eine Bibel mit den Apokryphen, zum Nachlesen. Was Markus heute Morgen nach dem Frühstück auch tat. Jetzt stand er vor dem Bilderzyklus, sah, wie Tobias, Sohn des blinden Tobit, mit dem angeheuerten Reisebegleiter, der in Wirklichkeit der unerkannt bleibende Erzengel Raffael ist, auf dem Weg nach Rages in Medien war, um geliehenes Geld wieder einzufordern. Keine Spur von einem süßlichen Schutzengel, vielmehr der gute Gefährte, ein himmlischer Bodyguard, der sich dazugesellt, mit Rat und Tat zur Seite steht, der beim Fischfang ebenso hilft wie bei der Vertreibung des bösen Dämons Aschmodai und der seinen Schutzbefohlenen selbst noch in Liebesdingen berät, so dass dieser schließlich unbeschadet die schöne Sara als seine Frau heimführen kann.

Wie sagte Giovanni? »Deinem Engel ist es völlig egal, ob du an seine Existenz glaubst oder nicht.«

Nach dem Mittagessen verkrochen sich alle in die kühlen Räume. Markus dagegen wollte lieber hinaus, suchte sich unter einem knorrigen Olivenbaum ein schattiges Plätzchen, schloss die Augen und döste vor sich hin. Plötzlich hatte er die Fresken vom Vormittag wieder vor Augen. Nicht übel, als Reisegefährten einen Engel. Einer, der den Weg kennt, der weiß, in welche Richtung es weiter gehen könnte. Einer, der nicht alles erdenschwer nimmt, sondern der beflügelt. Vielleicht werden sie ja deshalb oft mit Flügeln dargestellt. Also einer, der die Leichtigkeit des Seins verkörpert. Ein Gedankenleser und Postillion geheimer Wünsche. Aber dafür ist wahrscheinlich schon wieder ein anderer zuständig. Wenn es stimmt, dass es schier unzählig viele Engel gibt, dann muss es quasi für jede Eventualität einen geben. Markus ließ sich eine Liste von Engeln einfallen, fast ohne nachzudenken, relativ ohne jede Sperre im Kopf, wie es gerade kam.

Engel der Siesta, Engel der Verdauung, Engel des Verschnaufens, Engel der Sonnenwärme, Engel des langen Atems und des Atemholens, Engel des Kommen-und-Gehens, Engel der Wiederkehr, Engel der Erinnerung, Engel der Gelassenheit, Engel der Gedanken, Engel der Gedankenverlorenheit, Engel der Träume, Engel der Gesundheit, Engel der Dankbarkeit, Engel der Vorsicht,

Engel des Übermuts, Engel der Gegenwart, Engel der Vergebung, Engel des Verlangens, Engel des Wohlergehens, Engel des Gelächters, Engel der Tränen, Engel des Wagemuts, Engel der Bescheidenheit, Engel des Schweigens, Engel der Rede, Engel der Wege und Engel des Umwegs, Engel der beim Schopfe gefassten Gelegenheit, Engel des Widerstehens, Engel der Einsicht, Engel der Geduld, Engel der Käfer, die über Leinenschuhe grabbeln, Engel der schläfrigen Stunde …

Markus war eingeschlafen. Als er irgendwann von einer Fliege, die ihn an der Nase kitzelte, wieder geweckt wurde, hatte er keine Ahnung, wie lange er geschlafen hatte. Die Sonne flimmerte durch ein dichtes Netz aus silbergrünen Blättchen.

Hätte sie mir alle aufschreiben sollen, meine Engel, waren ein paar ganz passable darunter. Egal, einmal benannt, sind sie vielleicht schon in der Welt. Vielleicht schickt mir auch der Engel der Erinnerung die Liste gelegentlich vorbei. Was weiß ich?!

Markus tunkte Weißbrot in Giuseppes Olivenöl, aß seinen Schinken, trank Wein, genoss Irenas Küche und ihr Herz-auf-der-Zunge, schlief lang, las in den Büchern, die ihm Giovanni geliehen hatte, wischte mit leichter Hand störende Gedanken weg, was ihm zu Hause kaum mal gelingen wollte.

Die Verlängerung

Als Giovanni durch das steinerne Eingangstor auf den offenen Hof des Weinguts fuhr, sprangen die träge in der Sonne liegenden Hunde bellend auf, liefen, Staubwolke hin, Staubwolke her, um die bremsende Limousine herum, und Markus, der unweit davon im Schatten saß und las, schoss hoch, rieb sich die Augen und blieb mit offenem Mund stehen und staunte.

»Mann! Was für eine Kiste! Und wem gehört die?«

»Mir, wem sonst«, sagte Giovanni und lachte. »Hast du noch nie einen Lamborghini gesehen?«

»Okay, verstehe. Du sammelst also nicht nur Prophezeiungen, sondern nebenbei auch noch Oldtimer?«

»Sofern man beim Besitz einer einzigen Karosse schon von Sammlung sprechen kann, muss ich dir Recht geben.«

Markus überlegte, ob er schon jemals in seinem Leben einen solchen Exzentriker getroffen hat, der am laufenden Band für Überraschungen gut war. Eine kuriose Mischung aus Künstler, Philosoph, Theologe und Bohémien mit Oldtimer, einer, der vom Freskenhimmel der Sixtina herunter Stimmen hören will, Leute nachts eben dorthin einschleust, die dann verständlicherweise nichts hören. Einer, dessen Schwester mit Familie hier in der Campagna ein riesiges Weingut besitzt, mit alter Ölmühle, wo das eigene Olivenöl gepresst wird, der dann noch eine zweite, eher rätselhafte Schwester hat, über die er bislang aber nicht reden wollte und die, wer weiß, seinen Vater kannte oder umgekehrt. Und der eine Nichte hat, die er – wo sonst – in der Sixtina getroffen hatte, und der er dann hier beim großen Dorffest wieder begegnet war. Und die ihm unerreichbar schien.

»Probefahrt heute Abend, Richtung Rom.« Giovanni kraulte das Fell der beiden Jagdhunde und ging dann ins Haus. Markus folgte. Giovanni wollte wissen, wie es im Dorf war und im japanischen Garten und wie ihm das Fresko der Tobitgeschichte gefallen hat. Markus erzählte, was er unternommen hatte, schwärmte von Irenas Bemühungen, ihn zu verwöhnen, und dass er mit Irving Stones Michelangelo-Biografie fast schon durch sei. Noch einmal zauberte die Hausherrin Köstlichkeiten auf den Tisch, man aß, sprach über die anstehende Weinernte, über das wachsende Interesse der Deutschen an der italienischen Küche samt Lebensart, was man mit Genugtuung zur Kenntnis nahm, dann erklärte Giuseppe die Ziele der italienischen Slow-food-Bewegung, die dem Fast food den Kampf angesagt habe und mit den guten alten Methoden und Produkten langsam, aber stetig an Terrain in der Bevölkerung gewinne und sich durchaus auch ökonomisch rechne. Markus hörte interessiert zu, kriegte den Gedanken nicht mehr aus dem Kopf, dass das hier Linas Zuhause ist, malte sich aus, sie säße jetzt hier am Tisch, ihm gegenüber, oder vielleicht noch besser neben ihm.

Nach dem Essen die Siesta, so selbstverständlich wie heilig. Markus ging auf die kleine Terrasse bei der Taubenvolière. Endlos reichte der Blick über die Weinstöcke und Olivenbäume bis zum Horizont. Unter dem kühlenden Bambusblätterdach lag Leo auf einem der Korbstühle und ließ sich nicht aus der Ruhe bringen. Hier war sein Revier, das ihm nur zuweilen in der Nacht die Fledermäuse in Flughöhe streitig machten.

Du hast es gut, alter Kater, dachte Markus, legte sich in den Liegestuhl und dachte mit Schrecken daran, dass er in wenigen Stunden dieses kleine Paradies wieder verlassen und in drei Tagen wieder heimfahren würde, Richtung Deutschland, Richtung Heidelberg, Richtung Claudia, Richtung Labor. Das kann's nicht sein! Bitte nicht! Bitte eine Zugabe, einen Nachschlag. Eine Gnadenfrist.

»Das nächste Mal«, sagte Irena bei der Verabschiedung, »das nächste Mal kommen Sie direkt und ohne Umweg über Rom. Sie werden uns immer willkommen sein.«

Dann nahm sie Markus in den Arm und gab ihm zum Abschied einen Kuss.

»La mamma! Deine Schwester ist für mich der Prototyp der italienischen mamma. Mit Herzensbildung. Eine Seele von Mensch!«

Giovanni saß am Steuer seines alten Lamborghini, derweil Markus neben ihm von seiner Schwester schwärmte.

»Du hast schon Recht. Sie hat das Herz auf dem rechten Fleck.«

Sie fuhren durch die Herbstfarben, der zum Meer hin wandernden Sonne entgegen. Wenn es gut lief, was man, je näher man Rom kam, nie so genau vorhersagen konnte, dauerte die Fahrt nur knapp zwei Stunden. Markus hatte beschlossen, Giovanni nicht auf seine zweite Schwester anzusprechen. Vielmehr wollte er abwarten, ob Giovanni irgendwann von selber auf sie zu sprechen käme. Aber nach Lina wollte er fragen, sei's drum, soll er denken, was er will.

»Wusste gar nicht, dass du deine Nichte auch gleich wieder mitgenommen hast. Hätte gerne mal mit ihr über *ihren* Michelangelo gesprochen.«

Markus schaute zum Fenster hinaus und spürte, wie Giovanni ihn von der Seite musterte.

»Lina hat halt immer etwas vor, frag mich nicht, was. Sie ist ein Sonntagskind, hat ein absolut sonniges Wesen und die Herzen fliegen ihr nur so zu. Dabei nimmt sie ihr Kunststudium sehr ernst, arbeitet fleißig und hat einen ganz und gar eigenen Kopf. Und ein bisschen verrückt ist sie auch.«

Giovanni sagte das mit einem zufriedenen Grinsen im Gesicht und fügte hinzu:

»Das hat sie von mir!«

»Ach!?« Markus schaute schräg.

»Caro! meinst du etwa, vom Onkel ist nichts zu erben?«

»Na ja, jetzt, wo du's sagst.«

Der Verkehr wurde dichter. Giovanni hupte, weil alle

hupten, was überhaupt nichts nutzte, aber, wer weiß, einfach gut tat.

»Ich fürchte, wir werden noch einige Zeit miteinander in meinem Oldtimer verbringen«, meinte Giovanni. Übrigens, um noch einmal darauf zurückzukommen, wenn du willst, ich mein', wenn du meine Nichte wiedersehen willst, kann ich ja was arrangieren.«

Jetzt war es Markus, der Giovanni mit skeptischem Blick von der Seite musterte.

»Im Ernst? Glaub ich nicht.«

»Jede Wette! Du siehst Lina noch vor deiner Abreise aus Rom. Komm! Wir haben schon lange nicht mehr gewettet.«

Wenn es hilft, dachte Markus, dann soll mir ›jede Wette‹ recht sein.

»Und um was wetten wir?«

»Um eine Flasche aus Giuseppes Keller. Gran Riserva, wie gehabt.«

»Und wie soll ich im Zweifelsfall an so eine kommen?«

»Alfredo in seinem Restaurant hat immer welche im Keller liegen.«

»Einverstanden, die Wette gilt!«

Nur sehr langsam kamen sie im immer dichter werdenden Verkehr voran, was aber Giovanni nicht weiter zu bedrücken schien.

»Und, bist du auch zum Lesen gekommen?« wollte er nach einer Weile wissen.

»Ja klar, den Michelangelo hab ich durch. Ich war total begeistert und gleichzeitig ziemlich verärgert.«

»Wieso das?«

»Weil mir durch solche Bücher bewusst wird, wie wenig ich von all dem weiß. Schön dumm gelaufen, wenn man zur Erkenntnis gelangt, dass man relativ ignorant geblieben ist.«

»Du hast mein ganzes Mitgefühl«, sagte Giovanni und grinste. »Aber Spaß beiseite: dafür weißt du doch um so mehr in deinem Bereich, das ist mir bei unserem Gespräch kürzlich schnell klargeworden.«

»Aber ich merk' eben auch, immer noch Spaß beiseite, dass es eine Menge Sachen gibt, die etwas mit meinem Bereich zu tun haben, von denen ich aber keinen blassen Schimmer hab.«

»Man hört nie auf zu lernen.«

»Genau«, sagte Markus. »Apropos Abreise. Bei deiner Schwester kam mir ein ›verwegener‹ Gedanke.«

»Lass mich raten. Du verlängerst deine Kur.«

»Wie kommst du darauf?«

»Weil es nahe liegt. Und weil es einleuchtend ist.«

»Du findest das also nicht komisch?«

»Komisch? Wieso? Die Pauschalreise ist komisch. Das Normale ist komisch. Alles ist komisch, wenn du so willst. Schau mal, wie komisch die alle fahren. Ist auch egal.«

Giovanni hupte, kommentierte das Fahrverhalten der anderen und kam zurück zum Thema:

»Auf alle Fälle eine gute Entscheidung. Du wirst sehen, jeder Tag lohnt sich.«

»Aber eigentlich wollte ich es nur machen, wenn dein Angebot noch steht?«

Giovanni schaute fragend. »Welches Angebot?«

»Mir Texte zu besorgen, die sich mit Astrologie, Prophezeiung und Orakel beschäftigen.«

»Ich besorge dir eine ganze Bibliothek, wenn du willst. Und werde dir schon mal den Zutritt zur Vatikanischen verschaffen. Zum Einstieg.«

Rom. Sixtina. Nacht.

»Gut. Auf Giovanni ist Verlass.«

»Markus wird nicht viel verstehen.«

»Er wird genug verstehen. Verstehen, was nötig ist. Genug, um weiterzukommen, Entscheidungen zu treffen.«

»Er ist auf der Suche.«

»Wir werden sehen.«

»Was war und ist der Menschen größtes Problem? Was der kommende Tag bringen wird.«

»Nur eines, womit sie sich beschäftigen, täglich, stündlich, und wovon sie besessen sind: was morgen sein wird.«

»Und warum? Weil der Eine der Kommende ist. Wir die Verkünder seiner Vision.«

»Dann die Orakel. Rätsel hat Apoll uns eingegeben, Aufforderung an die Fragenden, innezuhalten. Nachzudenken: *Erkenne dich selbst!*«

»Dann die Offenbarungen. Dunkle Poesien. Apokalypsen voller Ungereimtheiten.«

»Die wiederum jene auf den Plan riefen, die mit ihren Interpretationen haarsträubende Hirngespinste in die Welt brachten.«

»Oben wie unten.«

»Im Kleinen wie im Großen.«

»Heute wie damals.«

»Wisst ihr, wie Hippolytos das Weltende berechnete, wohl wissend, dass es verboten ist, solches zu erkunden?«

»Verboten? Pah! Weil der Mensch lüstern ist, muss er reden und sagen, was unsäglich ist.«

»Zum Weltenende gehört die Weltenschöpfung. Und diese war 5500 Jahre vor der Geburt des Erlösers.«

»Wer redet solchen Unsinn!?«

»Eben jener Hippolytos. Mit folgender Begründung: ›Lerne leicht, o Mensch! Denn wie vorlängst durch Moses in der Wüste in Betreff der Hütte ein Gleichnis ward und Bilder waren der geistlichen Geheimnisse, damit, wenn kommt hernach die Wahrheit in Christus, du dieses sich erfüllt haben kennest. Denn er spricht zu ihm: *Mache den Kasten aus nicht faulendem Holz und vergolde ihn mit lauterem Gold von innen und von außen, und mache seine Länge zwei Ellen und eine halbe, seine Breite eine Elle und eine halbe und anderthalb Ellen hoch.* Dies aber zusammengerechnet wird fünf Ellen und eine halbe, damit gezeigt werden fünftausend und fünfhundert Jahre, in welchen der Erlöser gekommen, von der Jungfrau wie von der Lade, seinen Leib in die Welt herausführte, vergoldet von innen durch das Wort, aber von außen durch den heiligen Geist.‹«

»Die Welt ist voll jeglichen Unsinns.«

»Ihr kennt noch nicht seine Berechnungen der Endzeit, mittels der Offenbarung des Johannes: *Fünf sind schon gefallen. Einer ist jetzt da, einer ist noch nicht gekommen.*«

»Wir sind gespannt!«

»Ganz einfach: 5000 Jahre sind vergangen, wir leben im sechsten Jahrtausend und es gibt noch ein siebtes.«

»Dann ist das Ende bald in Sicht.«

»Anders: Das Ende war vor 700 Jahren schon. So etwa auf halbem Weg zwischen Kolumbus und Luthers 95 Thesen.«

»Heute wie schon immer: Häretiker, Apokalyptiker, Menschenverführer.«

»Dabei ist alles geschrieben, was sein wird und kommen wird.«

»*Doch der Mensch kann es weder wissen noch ergründen.*«

»Es bleibt ihm dennoch der freie Wille, nicht ausgeliefert seinem Schicksale.«

»*Es ist dem menschlichen Willen nichts dadurch entzogen, dass Gott vorherweiß, was er wird wollen.*«

»Die Würfel der Götter fallen immer richtig.«

»Also gilt: Alles macht Sinn.«

»Doch finden diesen ›Unteilnehmende‹ nicht.«

»Kein Jota hat sich die Blickrichtung geändert.«

Zeit zu lesen

An der Porta Sant' Anna hatten sie sich verabredet. Sie gingen die Via del Pellegrino hoch, ließen die vatikanische Post links liegen. Giovanni hatte schon alles vorbereitet und gab Markus einen Leserausweis. Nur seinen Personalausweis musste er noch bereit halten.

Noch am Abend hatte sich Markus telefonisch bei seinem Freund Philipp in Heidelberg gemeldet.

»Aber irgendwann gedenkst du schon, hier mal wieder aufzutauchen?« wollte dieser wissen und gratulierte zur Verlängerung. Als Markus es bei Claudia versuchte, meldete sich der Anrufbeantworter. Wie vor ein paar Tagen auch. Und eigentlich war es ihm eher recht so. Dafür war sein Vater zu Hause, der richtig froh schien, von seinem Sohn etwas zu hören, und dem Markus stolz erzählte, wie gut es mit dem Italienischen noch klappt, und dass er Giovanni, einen charmant-schrägen Römer kennen gelernt hätte, mit Spezialbeziehungen zum Vatikan, zu den Propheten und Sibyllen.

Dann saß Markus also in der Bibliotheca Vaticana, vergrub sich in die Bücher, kannte sich selber nicht mehr, las von morgens bis abends, erst in der Bibliothek, dann im Café und nachts in seinem Hotelzimmer. Las über Astrologie im Altertum und das Orakel der Griechen, las Ciceros Kritik an der Wahrsagerei, Texte von Augustinus und Avicenna sowie eine Auswahl aus den Sibyllinischen Weissagungen.

Rom. Sixtina. Nacht.

»Übrigens«, sagte Giovanni mit Blick nach oben, »ich habe da einen kennen gelernt, der sich für euch interessiert.«

»Soll uns recht sein.«

»Jetzt liest er wie ein Wilder, was ich ihm geraten habe zu lesen.«

»Wird er verstehen?«

»Er ist klug, ich bin sicher, er wird das eine oder andere verstehen«, sagte Giovanni.

»Wohl kaum die Oracula sibyllina.«

»Genauso wenig die Offenbarungen.«

»Warum müsst ihr auch so rätselhaft formulieren?« fragte Giovanni vorwurfsvoll. »Wissenschaftler, wie er einer ist, lieben die klare Aussage, die Eindeutigkeit.«

»Weil Gott es so wollte: *Den Weisen sagt er Rätselsprüche vor. Die Toren lehrt er schlicht und kurzgefasst*«, lautete die Antwort von der Decke herunter.

»Orakelpriesterweisheit?«

»Sophokles.«

»Sophokles. Auch gut. Aber ich frage euch da oben noch einmal: Für wen? Wer? Wer soll denn mit euren Worten von damals heute noch was anfangen, wer soll sie noch begreifen?«

»Wer Ohren hat …«

»Danke, großer Jesaja, damit fang' ich viel an! Ich

frag' im Ernst: Wem in Gottes Namen sollen die Rätselworte heut noch helfen?«

»Dem, den sie treffen.«

»Und wie sollen sie, wie können sie treffen?«

»So beide es wollen, Gott und Mensch, und Wege sich kreuzen.«

»Im Klartext?«

»Erinnere dich an eine alte Geschichte. Du kennst sie. Ein Engel des Herrn redete zu Philippus: *Mache dich auf und geh gegen Mittag auf die Straße, die von Jerusalem nach Gaza hinabführt, die einsam ist. Und er machte sich auf und ging.*«

»Richtig, da war ein Äthiopier, ein Hofbeamter und Eunuch, der auf seinem Karren saß und las, der, glaube ich, auf der Rückreise war von Jerusalem und der die Schrift studierte. War es nicht ganz zufällig das Buch Jesaja?«

»Na bitte, die Geschichte ist uns also vertraut. Und was sagt sie dir?«

»Lasst mich rekapitulieren: Ein Weg in der Wüste, zwei, die sich begegnen. Ein Prophetenwort, ganz nebenbei eines von euch.«

»Vergiss den Engel nicht.«

»Stimmt, der Engel! Der den Auftrag an Philippus übermittelte. Eine schöne Geschichte!«

»Eine schöne Geschichte! Es ist Mittag, da ist einer auf dem Weg nach Hause. Ohne Eile. Sitzt also auf seinem Karren, lässt sich fahren, liest, laut natürlich, wie damals üblich. Hat in Jerusalem eine Schriftrolle erstanden, als Erinnerung an seine Pilgerreise.«

»Stimmt, das war ja gar kein Jude!«

»Spielt auch keine Rolle! Steht nicht geschrieben: *Wahret meine Satzungen und meine Rechtsgeheiße. Der Mensch, der danach tut, wird durch sie leben.*

›Der Mensch‹ heißt es da, und nicht der Jude und nicht der Katholik oder sonst was. Vom Menschen ist da die Rede, also richtet sich die Schrift an alle! Dieser Äthiopier las die Schrift, wollte wissen, was sie bedeutet, von wem sie spricht. Plötzlich kommt dieser Philippus des Wegs – was wir wissen, nämlich dass er ein Bote ist, ein Beauftragter des Herrn, weiß der Äthiopier natürlich nicht – und zeigt sich interessiert. Und die beiden kommen miteinander ins Gespräch.

›Sag mal, verstehst du, was da steht?‹ fragt Philippus.

›Wie soll ich, wenn mir keiner hilft! Lies das da und sag mir, von wem spricht der Prophet? Von sich selbst oder von einem anderen?‹

Philippus liest, dann unterhalten sich die beiden.

Plötzlich ruft der Äthiopier: ›Aber dann spricht dieser Prophet ja von mir! Und wie ist das möglich? Hat er nicht vor Hunderten von Jahren gelebt? Und hat damals sicher nicht an einen unbedeutenden Eunuchen wie mich gedacht.‹

Verstehst du? Jetzt trifft ihn das Wort, das sich an ihn richtet. Und nur an ihn.«

»Aber ich geh doch recht in der Annahme, dass das Wort ursprünglich wirklich und beileibe nicht an den Eunuchen gerichtet war, der ein paar Hundert Jahre später durch die Wüste pilgert.«

»Du hast Recht. Aber seine Wirkung tut es auch ein

paar Hundert Jahre später noch, weil es ein Prophetenwort ist, Teil der Schrift, Tempel des Herrn.«

»Hab ich Tempel gehört?«

»Die Schrift als Tempel. Du hast recht gehört. Früher gab es Kultstätten. Opferstellen. Und dann den Tempel. Erst den salomonischen, später den herodianischen. Doch beide wurden zerstört. Und seit der Zerstörung des Tempels hat Gott seine Geografie geändert. Seit jener Zeit ist die Schrift der einzige noch verbliebene heilige Raum. Gottes Wille. Also ist es gut so. Sozusagen Teil der göttlichen Biografie.«

»Wie? Und sonst überhaupt kein heiliger Raum?«

»Keiner. Keine Kirche, keine Synagoge und keine Kapelle. Auch diese nicht, die Sixtina, falls du darauf hinaus willst.«

»Und wieso dann die Schrift?«

»Dazu folgende Geschichte. Sie erinnert an die Zerstörung des Tempels, vor fast 2000 Jahren. Die Römer belagerten Jerusalem, die Juden leisteten erbitterten Widerstand, standen aber auf verlorenem Posten. Da ging einer der großen Rabbiner der Stadt, Johanan ben Zakaï, höchstpersönlich ins Lager der Feinde und dort gleich zu Vespasian.«

»Wie will er denn aus der belagerten Stadt herauskommen, ohne sich beziehungsweise die Stadt zu gefährden?«

»Die Frage ist berechtigt. Die Antwort einfach: Kriegslistig wie man war, ließ sich der Rabbi in einem Sarg aus der Stadt tragen und gelangte so ins römische Lager, wurde zu Vespasian gebracht und begrüßt diesen mit den Worten: Heil dem Imperator! Vespasian wundert sich, er war Feldherr und nicht Kaiser und überlegt, ob der Rabbiner aus Ignoranz oder Frechheit ihn auf diese Weise begrüßt. Kurze Zeit darauf stürmt ein Bote aus Rom ins Feldherrnzelt und ruft: ›Es lebe der Imperator!‹ Als Vespasian die Sprache wiedergefunden und begriffen hatte, dass der Gruß des Juden von visionärem Geist war, und dieser als Verkünder seiner Wahl zum Kaiser des römischen Imperiums von wem auch immer geschickt war, versprach er, ihm jeden Wunsch zu erfüllen.

Und, was wünscht sich der Rabbi? Nein, nicht das Ende der Belagerung und damit die Errettung des Tempels, sondern das Recht, eine Schule, eine Talmudschule, zu eröffnen. Was der frisch gebackene Kaiser auf der Stelle genehmigt.«

»Hübsche Legende«, meinte Giovanni zustimmend. Aber was hat sie mit der Schrift als Tempel, als heiligem Raum zu tun?«

»Eben mehr als du ahnst. So schmerzhaft und so unbegreiflich für den Moment auch das Ende gewisser Entwicklungen sein mag, der Blick muss auf das Kommende gerichtet werden. Übrigens eine der uns auferlegten, gelegentlich unangenehmen Aufgaben im Prophetenamt. Der Tempel in Jerusalem, das Zentrum des Volkes Israel, war verloren. Er war aus Stein und Holz gebaut. Dafür wurde jetzt ein neuer errichtet. Einer des Geistes und des Studiums. Ihr heute redet vom Paradigmenwechsel, vom Quantensprung. Aus dem Kult führte so der Weg in die Kultur. Repräsentiert durch das Buch. Durch die Schrift. Du trägst sie in der Tasche, egal, wo du bist, du liest sie, du behältst sie, sie ist in dir. Genauso wie der neue Gott einer ist, der überall sein will und der in dir sein will. Und nicht in Tempeln gefangen.«

»Überall und nirgends.«

»Überall und in dir. Warum so kompliziert? Es steht geschrieben: *Höre Israel, er ist Gott, er ist Einer. Liebe denn ihn, deinen Gott.* Also ist er einer und deiner. Und deiner ist nicht der deiner Väter und nicht der deines Nachbarn, sondern nur deiner. Das ist kein Polytheismus, keine Vielgötterei, sondern die Pluralität des einen Gottes. Er schenkt jedem die Freiheit, seine eigene sinnliche Erfahrung mit ihm zu machen, den Einen also für sich zu finden.«

»Jedem sein Gott!«

»Weil er eben kein Dogmatiker ist, den man festlegen könnte. Dem gelehrten Forscher ist er ein gelehrter Gott, dem einfachen Fischer ein Begleiter auf dessen Weg. So wenig wie es die eine wahre Gotteserfahrung gibt, ohne die jeweils eigene, so wenig gibt es auch die eine Wahrheit ohne die jeweils eigene.«

»Und die Schrift? Gottes Wort?«

»Ist Gottes Wort. Sein heiliges Wort. Aber aus der Erfahrung eines Menschen, so wie er es vernommen hat, in einer jeweils sehr konkreten historischen Situation; so wie ich, Jesaja, es erfahren habe oder Ezechiel da drüben oder Jona da vorne oder wie auch immer all jene hießen, die von Ihm gerufen wurden. Wer das

Wort absolut nimmt, wer es vergöttert, der vergötzt es, missbraucht es. Wer vorgibt, absolut zu wissen, was ein Text sagt, tut ihm Gewalt an und tut somit IHM Gewalt an.«

»Ein Plädoyer für die Beliebigkeit! Ich versteh's nicht. Kann denn keiner sagen, wie man richtig lesen soll und: wie man verstehen lernt?«

»Unterschiedlich sind die Wege. Mit kombinatorischer Phantasie. Und im Gespräch. Vergiss dabei vor allem eines nicht: Die Wahrheit war immer und ist auch heute ein vielstimmiger Chor, der wiederum aus vielen Einzelstimmen besteht.«

»Ich verstehe. Folglich: Demut dem andern gegenüber. Aber der Disput! Bleibt nicht die streitbare, kritische Vernunft dabei auf der Strecke?«

»Unten ist wie oben. Das eine wie das andere.«

»Ich verstehe. Das betrifft den Umgang mit den anderen, die sich ebenfalls mit der Schrift auseinandersetzen. Aber *wie* soll man mit ihr umgehen?«

»Zärtlich. Sie hat Tausend Facetten, ist immer aufs Neue zu verstehen, entzieht sich und öffnet sich, gleichzeitig verborgen und ersichtlich.«

»Klingt irgendwie sehr erotisch«, befand Giovanni lapidar.

»Was sonst? Nichts ist so erotisch wie das Wort. Im Talmud steht, wie Rabbi Yehouda einst wissen wollte, welche Vision der Hohepriester an Jom Kippur im Allerheiligsten des Tempels von Jerusalems zu sehen bekam. Nun, was denkst du, was es war? Er sah hinter einem Schleier die Brüste einer Frau, sichtbar und unsichtbar zugleich. Unerreicht ist die Erotik in der Sprache. Keinem Kunstwerk kann dies je gelingen.«

»Aber …«

»Ich weiß, Giovanni, du willst widersprechen. Wir wissen, wie vernarrt du in diese Kapelle bist. Aber auch der unendlich begabte und von seinem Gott und seiner Kunst besessene Michelangelo hat mit seiner Darstellung von uns Biblischen nicht annähernd das geschaffen, was das Wort vermag. Du kannst wohl überwältigt sein von einem Kunstwerk und kannst dich in ein Bild verlieben. Aber eine Liebesgeschichte gibt es nur mit dem Wort. Seinem Wort. Also höre es. Lies es, geh mit ihm um – wie ein Liebender.«

»Ja dann …«

»Komm gut heim, Giovanni. Und schlaf dich aus!«

Übersetzungen

Man soll es nicht für möglich halten! Gestern noch hätte ich kaum sagen können, was ein Sonett ist, heute schon such ich nach Reimen. Markus schaute grinsend auf die Piazza, den lärmenden Verkehr und den Strom der Menschen, und zermarterte sich mit Eifer den Kopf nach dem passenden Reimwort. Denn nachdem er seit dem frühen Morgen in den prophetischen Büchern gelesen hatte, wollte er an diesem Nachmittag rausgehen, in ein Straßencafé sitzen und Michelangelos Gedichte lesen. Bis ihm plötzlich die verwegene Idee kam, eines davon, zur Erholung und letztendlich auch, um es besser verstehen zu können, mit Hilfe eines Wörterbuchs zu übersetzen. Er hatte ein Sonett gefunden, in dem der Künstler mit viel Selbstironie über seine halsbrecherische Deckenmalerei in der Sixtina klagt und vor lauter Plackerei schier einen Kropf kriegt, einen, wie Katzen vom lombardschen Wasser, oder wie aus Ländern, in denen der Leib direkt ans Kinn gewachsen ist.

Wie er, Michelangelo Buonarroti, den Bart zum Himmel reckt, den Kopf im Genick, mit dem Pinsel immer überm Aug, der dem armen Tropf ein schönes Mosaik auf die Wangen kleckst. Und dass er nicht einen Strich, den er gezogen, dann beurteilen könne.

Und wie die Lenden schmerzten und der Ranzen

sich krümmt und biegt wie ein Syrerbogen, je mehr er sich dehnen und recken muss. Weshalb ihm die Meinung, man könne nicht aus krummen Blasrohren schießen, doch arg töricht scheint. Und fügt hinzu: »Bei meiner Ehre! Der Ort taugt nichts, auch wenn ich Maler wäre.«

Rom. Sixtina. Nacht.

»Jeder soll seines Weges gehen, auf diesem zu sich finden, ungehindert von den andern.«

»Allesamt sind sie Gipfelstürmer.«

»Im Himmel der Eine!«

»In ihm vereinigen sich die Wege.«

»Aber was tun, damit sie sich nicht immer wieder in die Quere kommen?«

»So, wie ich es sage!« Die alte persische Sibylle, von der fast nie auch nur ein Wort zu hören war, regte sich plötzlich energisch und ergriff das Wort: »Ein Scheich hielt Andacht am Grabe eines Muselmanen. Nach einiger Zeit ging er davon, ohne gleich hinter der Mauer das Grab eines Rabbiners auch nur eines Blickes zu würdigen. In der darauffolgenden Nacht erschien ihm im Schlaf ein Engel, der ihn auffordert, auch am Grabe des Juden zu beten. Entsetzt über diesen Traum wandte sich der Scheich an einen alten Meister, der ihm in aller Ruhe mit einem Wort aus dem Koran antwortet:

Die Gläubigen sind Brüder. So kümmert euch um Frieden zwischen den Brüdern und fürchtet Gott, auf dass ihr Erbarmen findet.«

Entscheidungen

Markus las wie besessen. Nur gelegentlich fiel ihm die Welt draußen wieder ein, wenn der Magen knurrte oder wenn das Getöse dieser Stadt das ruhige Denken zertrümmerte. Und immer wieder dachte er daran, dass er mit Giovanni eine Wette abgeschlossen hatte. Bis ihm der Portier eines Abends, als er aus der Stadt zurückkam, eine in Papier eingewickelte Weinflasche und einen Brief in die Hand drückte, beides sei für ihn abgegeben worden. Auf seinem Hotelzimmer nahm er den Brief aus dem Umschlag, erkannte sofort Giovannis Schrift:

Caro! Habe auch meine zweite Wette verloren! Stell dir vor: meine Nichte hat überraschend ihr lange ersehntes Stipendium bekommen und musste gleich wieder abreisen. Details demnächst mündlich. Es tut mir leid. Giuseppes Wein anbei. Was macht das Studium? Melde dich! Giovanni.

Markus saß auf der Bettkante, fühlte sich wie ein begossener Pudel. Scheiße, dachte er, Scheiße! Wirr ging ihm dies und das durch den Kopf, und ob es nicht doch vernünftiger gewesen wäre, zurückzufahren, wie das Pauschalangebot es vorsah. Alles schien ihm irgendwie verkorkst. Seine Gefühle verheddert wie ein Wollknäuel. Beim Denken ein Brett vor dem Kopf. Und zu Hause? Zu Hause wartet die Habilitationsschrift. Wofür lohnt sich eigentlich der ganze Aufwand? Und wenn doch, warum dann nicht? Die Logik streikt, die Seele kriegt kalte Füße. Zu Hause wartet Claudia. Wer sagt, dass sie wartet? Und wenn schon! Dann läuft es weiter wie schon lange: verlässlich-steril. In Bahnen. Banal eben. Man zieht sich gegenseitig auf, im einen wie im andern Wortsinn, man isst und trinkt und funktioniert. Immerhin: zu Hause warten auch seine sorgsam umhegten Orchideen! Warten aufs Gespräch. Die Flasche Olivenöl für Frau Schöngart hat er schon im Koffer.

Markus überlegte, ob er noch einmal rausgehen sollte, sich ja auch bei Giovanni melden könnte, wegen der Details ... Oder ob er sich besser gleich ins Bett verkriecht mit Giuseppes Weinflasche im Arm. Er zögerte, stand dann plötzlich auf, holte sich aus dem Kühlschrank eine Flasche Mineralwasser und setzte sich an den Tisch. Jetzt klaren Kopf behalten. Klar überlegen, was Sache ist. Lange saß er so und gar nichts fiel ihm ein. Dann dachte er an das Gespräch mit Giovanni, als dieser ihm einen Vortrag über die Geschichte der Prophezeiungen gehalten hatte und ihm den Unterschied zwischen falschen und echten Propheten zu erklären versuchte, zwischen Lug und Trug auf der einen Seite und dem möglichen Sinn der Orakel auf der anderen Seite. Eine verwirrende und vielschichtige Geschichte, ein heilloses Durcheinander von Wahrsagerei, Orakel und Prophezeiung. All dies, um die Chimäre Zukunft zu erahnen, entsprechend auf sie hinzuarbeiten, sie zu beherrschen. Und doch sei im Grunde alles ganz einfach, meinte Giovanni, weil es ums richtige Handeln ginge. Nicht das Denken abschaffen, sondern es anregen. Orakel wollen, recht verstanden, Klarheit und nicht Vernebelung schaffen. »Mit ihnen kannst du dich aufräumen«, sagte Giovanni, »dir klar machen, was du willst, dir deinen Sinn suchen. Der erste Schritt, um mit magischer Kraft deiner Zukunft eine Richtung zu geben.«

Dann das Orakelspiel. Ohne Hokuspokus. Dazu reichte ihm Giovanni ein Buch. Drei mal musste er es aufschlagen, willkürlich dann mit dem Finger auf ein Wort tippen. Nichts als drei Wörter. *Berg, wegräumen, sehen.*

»Jetzt geh und überleg dir, was du aus dem Dreiklang dieser Wörter machen kannst.«

»Ich hab's!« sagte Markus plötzlich zu sich und teilte seinem Hotelzimmer mit: »Um klarer zu *sehen*, muss ich einen *Berg wegräumen.*«

Gut zwei Stunden saß er jetzt an dem kleinen Tischchen in seinem Hotelzimmer und schrieb. Schrieb mehrere Seiten voll, formulierte und verwarf Formulierungen, suchte nach stimmigeren; feilte, schwankte und kämpfte mit seinen Gefühlen, bis er mit sich und dem Geschriebenen einverstanden war, einigermaßen wenigstens. Er war kein großer Dichter, aber er war zufrieden. Noch ein kleines Zögern, als er den Brief in den Umschlag steckte. Dann schrieb er auf diesen Claudias Adresse. Selbst wenn diese Reise nach Rom für sonst nichts gut war, dann doch für die Erkenntnis, dass er sich, mit Blick auf die Zukunft, nicht vorstellen konnte oder mochte, mit ihr etwas Gemeinsames aufzubauen.

Und noch etwas anderes wollte er klarer sehen.

Rom. Sixtina. Nacht.

»Unsichtbar sind die göttlichen Boten.«
»Myriaden von Myriaden dienen Ihm.«
»Engel sind wie der Wind.«
»Der Wind wirft keinen Schatten.«
»Sind Wegweiser.«
»Dem, der ihnen Achtung schenkt.«
»Weisen auf das, was vernachlässigt wird.«
»Bringen ins Lot.«
»Geist und Materie.«
»Gebieten Einhalt.«
»Schaffen Gleichgewicht.«
»Überbringen die kosmische Absicht.«
»Im Moment der Gnade.«
»Stillstand der Zeit.«
»Gesicht.«

Wie so oft schon lauschte Giovanni dem sixtinischen Stimmengewirr aus Fragen und Antworten, aus Meinungen und Zwischenrufen, aus Für und Wider, großem Ernst und göttlichem Humor. Er saß da, mutterseelenallein in der riesigen Kapelle, lauschte, dämmerte vor sich hin, träumte. Und oft mischten sich seine eigenen Gedanken in das Palaver von oben. Dann wusste er selber nicht mehr, was oben und was unten.

»Oben wie unten!« sagte er laut zur Decke gerichtet.
»Im Himmel wie auf Erden.«
»Die göttlichen Boten dazwischen.«
»Wie im Wort, so im Bild, so im Klang.«
»Kluge Eule und störrische Eselin.«
»Löwenbändiger.«
»Kosmische Intelligenz, Weltraumingenieure.«

»Halt, halt, halt! Noch mal, bitte! Was redet ihr da? Von Eulen, Eseln, Weltraummechanikern?«

»Du kennst die Eulen der Minerva, die ihren Flug in der Morgendämmerung beginnen.«

»Oder mit ihrem Ruf dem in einem römischen Kerker liegenden Agrippa verkünden, dass er binnen kurzem zum König der Juden ernannt würde.«

»Und deinen Astronomen kannst du an den *angelus rector* seines berühmten Kollegen Johannes Kepler erinnern, der den Sternenlauf kontrolliert. Und bei Nikolaus Kopernikus soll er mal nachschauen, wer die kristallinen Sphären heimlich anstupst, auf denen die Planeten residieren.«

»Ich werde einen Teufel tun«, murmelte Giovanni leise in seinen Bart, sagte laut dann: »Sehr spannend! Und was war das mit dem Dompteur?«

»Der bezog sich auf meinen Besuch in der Löwengrube«, meldete sich Daniel zu Wort.

»Stimmt, stimmt, stimmt, die Geschichte kennt er!« meinten schnell ein paar andere, die anscheinend wenig Interesse an einem Neuaufguss hatten.

»Und was war das mit der Eselin?«

»Kennst du nicht die Geschichte des Propheten Bileam, der sich mit seiner Eselin auf den Weg machte, den Moabitern aus der Patsche zu helfen, und dabei den Zorn des Allerhöchsten auf sich zog? Also stellte sich ihnen ein Engel des Herrn in den Weg. Die Eselin wollte dem Engel mit gezücktem Schwert aus dem Weg gehen, doch Bileam zwang sie auf den Weg zurück. Das gleiche wiederholte sich in einem Hohlweg, wieder wollte die Eselin ausweichen, wieder wurde sie geschlagen. Beim dritten Mal war der Weg so eng, dass ein Ausweichen nicht mehr möglich war und die Eselin sich deshalb niederließ. Als Bileam zornentbrannt auf sie eindrosch, öffnete sie ihr Maul und begann zu sprechen: ›Kannst du mir eigentlich sagen, was ich dir getan habe?‹ Jetzt erst sah Bileam den Engel mit gezücktem Schwert, der ihm riet, sich bei der Eselin zu bedanken. Denn hätte sie nicht reagiert, wäre er jetzt ein toter Mann.«

»Nette Lektion für einen Propheten auf Abwegen«, sagte Giovanni.

»Eselsaugen sehen, was der Seher nicht sieht!«

»Und so erfährt er aus dem Mund eines Esels, dass ein Engel im Weg steht.«

Dann war wieder Ruhe an der Decke.

»Ja dann!«

Giovanni erhob sich. »Ja dann!« sagte er immer, wenn einer Sache im Grunde nichts mehr hinzuzufügen war. Mit einem ›Bona notte‹ ging er zur Türe, die zur Sala Regia führt, und verließ die Kapelle.

In wenigen Stunden schon werden sich wieder Tausende durch die Kapelle drängen, die Köpfe recken, die Hälse verdrehen, staunend an die Decke starren.

Napoli

Der Zug Richtung Neapel fuhr um 9 Uhr 45 ab. Markus hatte sein überflüssiges Gepäck in ein Schließfach gesteckt und nahm nur eine Reisetasche mit. Bereits nach gut zwei Stunden war der Zug in Neapel. Das kleine, im Stil des novecento ausgestattete Hotel, in dem Markus ein Zimmer mit Blick auf den Vesuv fand, lag nicht weit vom Hafen entfernt. Er hörte das Kreischen der Möwen und das Tuten der Fährschiffe, wenn diese den Hafen in Richtung Capri oder Ischia verließen. In einem Restaurant nahe der Port' Alba aß er eine Pizza Margherita, und der Kellner erzählte beim Weinausschenken gleich ungefragt die Geschichte zu diesem Gericht, das nämlich seinen Namen von der norditalienischen Savoyer-Königin erhielt, der zuliebe der stadtbeste Pizzabäcker Raffaele Esposito mit grünem Basilikum, weißem Mozzarella und roten Tomaten dem hohen Gast ein Fladenbrot in den Farben der italienischen Trikolore aufgetischt habe.

Am Nachmittag und bis in den Abend hinein durchquerte Markus das Altstadtviertel, dessen Lärmpegel ihm noch höher vorkam, als der in Rom. Er ging durch die kilometerlange Spaccianapoli, jene von den antiken Stadtgründern bereits so mit dem Lineal angelegte Hauptstraße, besuchte Barockkirchen mit ihren dreckig verspeckten Marmorfassaden, lehnte den Kauf geschmuggelter Zigaretten ab, schaute in den Kellerladen eines Flickschusters und durch prächtige Portale in die luxuriösen Innenhöfe altehrwürdiger Paläste, an denen nahtlos armselige und düstere Gemäuer lehnten. Knatternde Zweiräder bahnten sich zwischen den spielenden Kindern und den auf ihren Stühlen vor dem Haus wohnenden Alten einen Weg aus der engen Häuserschlucht. Am Abend aß Markus in einem Fischrestaurant direkt am Meer eine Schüssel mit schwarzen Muscheln und war gespannt, was er morgen in Cumae in Erfahrung bringen würde.

Cumae

Beim Frühstück im Hotel erkundigte sich Markus, wie man nach Cumae kommt. »Sie fahren mit der *Cumana*, der Lokalbahn, über Bagnoli und Pozzuoli bis Torregaveta und von dort schließlich nach Cumae.«

Fast alle Fahrgäste waren Touristen, auf dem Weg zur ältesten Siedlung der Griechen in Italien. Markus ließ die reichlich vorhandenen antiken Trümmer links liegen und suchte geradewegs den Weg zur mythischen Höhle Antro della Sibilla, in der, wie er von Giovanni wusste, die ekstatische Seherin ihre Orakel empfing und verkündete, und in der Aeneas der Sage nach die cumanische Sibylle traf.

Ausgehöhlt ist Cumaes Fels zur riesigen Grotte.
Breit ziehn hundert Schächte hinab, der Mündungen hundert,
hundertfältigen Lauts dröhnt auf der Spruch der Sibylle,
Kaum an der Schwelle begann die Jungfrau: Zeit ist, den Schicksalsspruch zu erflehn …

So berichtet Vergil von jener orakelnden Frau, die der Überlieferung nach dem Tarquinius Priscus neun sibyllinische Bücher angeboten hatte, für 300 Goldphilippeioi. Da diesem die Summe zu hoch erschien, verbrannte die Sibylle drei der Bücher und bot den Rest zum gleichen Preis wieder an. Das gleiche Spiel wiederholt sich noch einmal. Tarquinius bekam Gewissensbisse. Zog seine Auguren zu Rate, jene Priester, die aus dem Vogelflug Orakelbotschaften lasen. Die Antwort war eindeutig: Unbedingt kaufen. Egal wie teuer. Es handle sich um göttliche Segensbotschaften. Also erwarb Tarquinius das letzte verbleibende Drittel der Bücher für die verlangten 300 Goldstücke. Dann der Wunsch dieser Sibylle nach Unsterblichkeit, den Apoll ihr auch erfüllt hatte, doch hatte sie eine Kleinigkeit übersehen, wurde also alt und älter, schrumpfte und irrt wohl immer noch hier in dieser Gegend herum, längst unsichtbar geworden, so klein wie ein Sandkorn, wer weiß, mit einer Stimme, so leise, dass keiner sie noch wahrnehmen könnte.

Markus wanderte weiter zur Akropolis, wo die Reste eines Apollotempels standen. Am Nachmittag suchte er in einem kleinen Hotel eine einfache Unterkunft. Beim Abendessen überlegte er, dass es eigentlich purer Unsinn ist, sich auf die Suche nach Giovannis Schwester zu machen, einer Frau, deren Namen er wohl kannte, aber von der er keine Ahnung hatte, wo sie wohnen könnte.

Sophia

Am nächsten Morgen, nach dem Frühstück, ging Markus zur Post. Im Telefonbuch war kein passender Name vermerkt. Entweder sie hat kein Telefon, dachte er, oder sie will die Nummer nicht veröffentlichen. Er ging über den Markt. Eine Zeit lang beobachtete er einen Honigverkäufer hinter seinem Stand. So etwas hatte er noch nie gesehen. Mitten zwischen den Honigtöpfen eine Kiste als Pult, auf dem ein Schachbrett lag. Der Händler hielt in der Linken eine mehrfach zusammengefaltete Schachzeitung, mit der Rechten bewegte er die Figuren auf dem Spielfeld, so schnell, wie ein anderer sie wohl kaum aufzustellen vermocht hätte, wobei sein Blick hin und her ging zwischen Zeitung und Schachbrett. Gelegentlich gönnte er sich, während seine Rechte einen Zug ausführt, einen Extrablick auf die Passanten, die achtlos vorübergingen oder neugierig ihren Schritt verlangsamten. Markus war stehen geblieben, beobachtete staunend und amüsiert zugleich, wie dieser Schachkünstler eine Partie nach der anderen gegen sich selber spielte. Gleich daneben hatte eine Bäuerin ihren kleinen Käsestand aufgebaut, vier Kisten, je zwei aufeinander, ein Brett quer darüber, und darauf Ziegenkäse in allen Altersstufen. Fragen kann man ja mal, dachte Markus, und kaufte erst mal ein Stück Hartkäse. Dann wollte er von der Käsefrau wissen, ob sie vielleicht eine Sophia de Crescenzo kenne. Die Frau strahlte.

»Dann sind Sie also der Besuch aus Deutschland. Ich weiß schon. Signora Sophia hat es mir gesagt, heute Morgen, sie ist ja immer eine der ersten, kommt nicht oft, einmal die Woche kommt sie, und dann ist sie schon in aller Herrgottsfrühe da. Eine der ersten. Ich glaube, sie freut sich enorm. Mein Gott! Sie lebt ja fast völlig zurückgezogen, mein Fall wär' das nicht, aber ich sage mir immer, jeder nach seiner Art. Und Sophia ist eine weise Frau. Mehr wert als jeder von diesen studierten Weißkitteln. Wer Hilfe braucht, Sophia weiß Rat. Auf sie ist Verlass.«

Markus hörte erstaunt zu, wusste nicht, wovon die gute Frau sprach, und fragte sich, was das bedeuten sollte. Freundlich lächelnd bedankte er sich für die Auskunft. Wer auch immer dieser Besuch aus Deutschland sein mochte, er ja wohl kaum. Um so neugieriger aber war er jetzt, dorthin zu gehen.

Die schwatzhafte Marktfrau erklärte ihm mit vielen Worten, was ganz einfach war und leicht zu finden. Er machte sich also auf den Weg, durch ein paar Gassen hindurch, an der Kirche und dem dahinter liegenden kleinen Friedhof vorbei, dann blieb bald nur noch ein Fußweg, an Brombeerhecken entlang leicht die Anhöhe hinauf. Dort lag ein Landgut, an dem er rechts vorbei gehen sollte, dahinter bereits würde er ein für sich stehendes kleines Haus entdecken, umrahmt von Zypressen und einem steinalten Feigenbaum. Als Markus näher kam, trat eine zierliche Frau aus der Tür des

Hauses. Sie war vielleicht Ende vierzig, Anfang fünfzig, trug eine weite Leinenhose mit kariertem Hemd und ging ihrem Besucher mit strahlenden Augen entgegen.

»Wie ich Sie, noch vom Fenster aus, hochkommen sah, dachte ich, Christian kommt mich besuchen. Kommen Sie herein, seien sie herzlich willkommen!«

Markus schien den Boden unter den Füßen zu verlieren, schüttelte die ihm hingehaltene Hand, erwiderte den Gruß. Träumte er oder was wurde hier gespielt?

Sophia schien seine Verwirrung zu bemerken. »Kommen Sie!« sagte sie und nahm ihn am Arm ins Haus, die Eingangstür führte unmittelbar in einen geräumigen Wohnraum, Markus setzte sich auf den angebotenen Stuhl und hatte seine Sprache immer noch nicht wiedergefunden. Sophia ging um den Tisch herum, nahm die beiden Gläser, die bereitstanden, öffnete eine Flasche und schenkte ein. Die Gläser schienen sich mit flüssigem Bernstein zu füllen.

»Das ist ein Vin' santo, der wird Ihnen gut tun.« Dann setzte sie sich ebenfalls an den Tisch. Sie schaute ihren Gast an. Ihr Lächeln war warm und freundlich. Endlich schien Markus seine Sprache wieder zu finden.

»Es tut mir leid«, sagte er. »Ich habe nun wirklich nicht damit gerechnet, dass ich erwartet werde. Dann bin ich also dieser Besuch aus Deutschland. Eine Marktfrau, die vom Käsestand, ich hab sie nach dem Weg gefragt, sagte mir nämlich …«

»Ach so, Antonella!« Sophia lachte. »Du kannst ihr nichts erzählen, sie posaunt es sofort im ganzen Mezzogiorno herum. Sie ist ein bisschen naiv, aber unendlich gutmütig.«

Dann musterte Sophia wieder lächelnd ihr Gegenüber. »Schön, dass Sie gekommen sind!«

»Aber verraten Sie mir doch, woher Sie wissen, dass ich Sie besuchen wollte. Ich hab mit keinem einzigen Menschen darüber geredet.«

»Na, dreimal dürfen Sie raten. Auf alle Fälle ist es weder Zauber, noch Hellseherei, noch sonst was Geheimnisvolles.«

Markus hatte keine Ahnung.

»Na, Sie kennen doch meinen Bruder!«

»Giovanni? Aber er wusste doch gar nichts von meiner Absicht …«

»Giovanni braucht nicht zu wissen, er hat einen Riecher. Er rief mich an und erzählte mir am Telefon von jenem Biglietto, und von da an war mir klar, dass Sie kommen würden. Vielleicht war es ja auch Gedankenübertragung. Auf alle Fälle freue ich mich, dass Sie da sind! Trinken Sie!«

Sie nahm ihr Glas und trank es leer. Dann ging sie in die Küche und kam mit einem vorbereiteten Holztablett zurück, üppig belegt mit Schinken, Käse und Trauben, dazu brachte sie Brot und Salz und Olivenöl. Dann schenkte sie nach.

»Wie geht es dem Vater?« wollte sie wissen.

»Es geht ihm gut«, sagte Markus, und fügte leise lächelnd hinzu: »vielleicht besser denn je.«

Er schaute auf ihre Hände. Zarte, schlanke Finger, schöne Hände, dachte Markus, Michelangelo hätte sie so in Marmor gehauen.

»Sie kennen also meinen Vater.«

»Ja, ich kenne ihn, habe ihn kennen gelernt, das ist lange her. Erinnern Sie sich noch an das Jahr in Rom? Sie waren damals, na, vielleicht dreizehn Jahre alt.«

»Zwölf.«

»Mein Gott, ist das lange her! Und damals habe ich Ihren Vater zum ersten Mal getroffen. Eine Freundin von mir bat mich, sie zu begleiten, sie musste ausländischen Geschäftsleuten die Sehenswürdigkeiten Roms präsentieren. Und so begegneten wir uns in der Sixtina, wo er von allen Teilnehmern der Führung der wissbegierigste war, nun, Sie waren ja sicher auch schon dort und konnten sich von der Magie dieses Ortes überzeugen.«

»In der Sixtina?« Markus dachte an Lina.

»Giovanni war sicher mit Ihnen schon dort. Ja, wie gesagt, so sind wir uns damals zum ersten Mal begegnet.«

»Und dann?«

»Und dann?« Sophia lächelte. Markus schaute neugierig lächelnd zurück.

»Ihr Vater hat Ihnen also nie davon erzählt? Nun, wir sind uns immer wieder begegnet. Ich habe ihm halb Rom gezeigt, und er hat mir viel über Deutschland erzählt. Wir haben uns wirklich gut verstanden. Und, ich weiß nicht, wie ich sagen soll, ich will auch niemandem Unrecht tun, aber er hatte es nicht immer ganz leicht ...«

»Ganz und gar nicht. Als Kinder haben wir das nicht so mitgekriegt, da ist man nur auf sich fixiert. Gerade in letzter Zeit hab ich immer wieder mal mit meiner Schwester darüber gesprochen, und wir fragen uns auch, wie er das so viele Jahre ertragen konnte. Na ja, sicher auch Gewohnheit. Aber ich kann mir eigentlich kaum vorstellen, dass er nicht auch daran gedacht hat, aus einer so komplizierten Beziehung auszubrechen.«

Sophia betrachtete mit Ruhe ihren Gast.

»Sicher hat er das. Aber vergessen Sie nicht: da waren zwei kleine Kinder, die er über alles liebte. Und ich kannte Ihren Vater als einen äußerst rücksichtsvollen Menschen, er war sehr verantwortungsbewusst, er wollte niemanden verletzen, zuallerletzt seine Kinder, die er vergötterte. Aber das wissen Sie ja selber sicher am besten.«

»Und ich weiß nicht, wie ich damals darauf reagiert hätte. Hätte mich wahrscheinlich mit Händen und Füßen dagegen gesträubt, hätte das nicht einsehen können. Gut, vielleicht wäre es aus seiner Sicht sogar ehrlicher und konsequenter gewesen. Sinnvoller. Zumindest für ihn. Wer weiß? Was dazu kommt: er ist ausgesprochen harmoniebedürftig und selber sehr verletzlich.«

»Wie alle Künstler«, fügte Sophia lächelnd hinzu, »ein sensibler Mensch, und ein phantasiebegabter Mensch. Sicher war er auch ein guter Ingenieur, aber für mich war er eigentlich ein Künstler.«

»Früher hatte er ja gemalt«, sagte Markus, »und hat jetzt übrigens mit viel Begeisterung wieder damit angefangen. Was mich und meine Schwester natürlich ausgesprochen freut!«

»Ich weiß. Er hat es mir erzählt. Das ist wirklich gut. Wenn Sie sich mal umdrehen, über der Kommode dort: Wir gingen hin und wieder auf dem Palatin spazieren, zur Casa di Livia, saßen unter Orangenbäumen. Dort hat er das Bild gemalt und hat es mir, bevor er wieder nach Deutschland fuhr, geschenkt.«

»Sie … Sie haben noch Kontakt?«

»Ja«, sagte Sophia und schaute auf Markus, »ja, wir schreiben uns. Ziemlich regelmäßig sogar. Und ich hoffe, es macht jetzt kein Problem, dass Sie es von mir erfahren, ich glaube, er ist ziemlich erschrocken, als er plötzlich von Ihrer spontanen Romreise erfuhr. Vielleicht kennen Sie das ja auch, man wartet auf den idealen Moment, um endlich mit etwas herauszurücken, und plötzlich wird man von den Ereignissen eingeholt.«

»Jetzt, wo Sie das sagen, fällt mir seine Reaktion am Telefon ein. Er sagte nur ›Ach!‹, schien gar nicht sonderlich begeistert zu sein.«

Sophia lächelte. »Als hätte er es geahnt. Vor ein paar Tagen rief er mich an. Was nicht so ungewöhnlich ist. Um ganz ehrlich zu sein, pflegten wir über all die Jahre hinweg ein, wie soll ich sagen, gut freundschaftliches, ein fast geschwisterliches Verhältnis. Man braucht jemanden, dem man sich anvertrauen kann, und wenn die andere Person weit weg ist, ist es zuweilen um so besser!«

Sie schauten sich an.

Mein Gott, welche Wärme, welche Freundlichkeit von dieser Frau ausgeht! dachte Markus.

»Ich glaube«, sagte er, »ich weiß, was Sie meinen. Und ehrlich gesagt, nach dem ersten Schock vorhin kommt mir plötzlich alles völlig plausibel vor. Auch wenn es eine schon fast unglaubliche Geschichte ist.«

»Eine sehr menschliche auch, finden Sie nicht?«

Markus und Sophia saßen fast den ganzen Tag am Tisch und redeten. Sie redeten über den Vater. So lange und so ausführlich hatte Markus noch gar nie über seinen Vater gesprochen, geschweige denn über ihn nachgedacht. Und er erzählte von sich, und plötzlich und ohne zu zögern auch von seiner schwierigen Beziehung zu Claudia und dem Brief, den er ihr vorgestern geschrieben hatte. Schließlich sprach auch Sophia von sich, von ihrer Arbeit als Kinderkrankenschwester in Rom, von einer kurzen Ehe, aus der nichts wurde, und wie sie damals Markus' Vater getroffen hatte.

»Ja Marco«, sagte sie leise, »es gibt wohl schon sowas wie die große Liebe im Leben.«

Lange saßen beide und sagten nichts. Markus erinnerte sich daran, wie man ihm als Kind weismachen wollte, dass, wenn es plötzlich ganz still wurde, wohl ein Engel durch die Stube geflogen sei. Im selben Moment sagte Sophia: »Weißt Du? Wenn es plötzlich ganz still ist, dann sagt man, ein Engel ist durch das Zimmer gegangen.«

Markus schaute auf, sah Sophia an und sagte: »Genau daran habe ich gerade gedacht. Als Kind fand ich das lächerlich, aber jetzt gerade war es wohl wirklich so.«

»Ich denke, es war der Engel der Freundschaft«, sagte Sophia, »ich habe dich gerade ohne darüber nachzudenken geduzt. Das ist doch gut! Komm, lass uns darauf anstoßen, dass das Leben ein Schneiderlein ist, das sich auf überraschende Änderungen spezialisiert hat.«

Sophia hatte nachgeschenkt. Beide nahmen das Glas und tranken.

Sophia erhob sich.

»Jetzt will ich dir zeigen, wo du schlafen wirst.«

Er folgte ihr die Holzstiege in den ersten Stock hoch. Sophia öffnete eine der Türen.

»Tritt ein. Es ist nicht sehr groß, aber«, fügte sie lachend hinzu, »zum Überwintern, hoffe ich, doch groß genug!«

Als Markus allein war, umarmte er seine Bettdecke, umarmte das Kissen und hätte am liebsten die ganze Welt in seine Arme geschlossen. »Was! Überwintern! Hier bleib ich die nächsten Jahre!«

Alleinsein

Markus hatte nach dem Frühstück sofort Sophias Vorschlag mit Begeisterung aufgegriffen und war allein losgezogen, die Gegend zu erkunden, und, wie sie meinte, deren ›Einsamkeit zu genießen‹.

»Und, wie vielen Menschen bist du begegnet?« wollte Sophia abends wissen, als sie den versprochenen Fischtopf auf den gedeckten Tisch stellte und Markus aufforderte, sich zu bedienen.

»Höchstens eine Handvoll, wenn überhaupt. Und ich hab den ganzen Tag kein einziges Wort geredet!«

»Und auch keine Stimmen gehört?«

»Was für Stimmen?«

»Zum Beispiel – die eigene, beim Selbstgespräch.«

»Zugegeben. Ein paar mal hab ich laut nachgedacht. Bin fast erschrocken. Komisch, wenn man sich so selber hört.«

Sophia lächelte. »Dann war das eher eine neue Erfahrung für dich?«

»Total neu, wann ist man sonst schon mal allein? In diesem Zusammenhang hab ich mich natürlich schon auch gefragt, ehrlich gesagt, wie du das hier aushältst.«

Sophia lächelte. »Ich hoffe nicht, dass ich auf dich einen unglücklichen Eindruck mache.«

»Eigentlich ganz im Gegenteil«, meinte Markus.

»Weißt du«, sagte Sophia, »es gibt wenig, was wirklich reich macht. Wenn man Zeit hat, ist man reich, und ich habe viel Zeit und empfinde jede Stunde als ein Geschenk. Früher, da erlebte ich den Trubel des Alltags oft als verschenkte, vergeudete Zeit. Und ich muss sagen, es sind wenige Begegnungen im Leben, die wirklich lohnen. Das meiste ist Oberfläche. Aber, versteh' mich bitte nicht falsch, ich propagiere kein Eremitendasein in der Wüste. Andererseits machen die Menschen, die permanent ihrem Leben nachjagen, ja nicht gerade einen glücklichen Eindruck. Ich jage nicht und ich lass mich nicht jagen. Das ist schon viel. Ich genieße die Stille. In ihr hörst du die Stimmen, die es gut mit dir meinen. Ich höre auf mich und in mich hinein, und begegne so meinem inneren Gast.«

Markus war nachdenklich geworden.

»In diese Richtung gingen meine Gedanken, ehrlich gesagt, noch nie. Aber ich versteh' schon, dass einsam nicht gleich einsam ist.«

»Solang dein Engel dich erreichen kann, mit dir ins Gespräch kommen kann, bist du nicht einsam. Einsam und hilflos sind für mich die Menschen, die nie allein sind oder nie allein sein dürfen, weil zwischen ihnen und ihrem Engel immer andere stehen, die eine Begegnung verhindern. Die Alten sagten: ›Die Götter erkennt man am Schweigen, die Menschen am Reden‹. So wächst der Lärm.«

Abschied

»Was willst du nun tun?«

»Vielleicht solltest du mich richtiger fragen: Was musst Du nun tun? Ich muss wieder nach Hause fahren. Muss versuchen, zu verdauen, was mir diese Reise aufgetischt hat. Werd versuchen, Ordnung in die Stube zu kriegen. Und werd versuchen, nicht alles wieder zu vergessen. Wenn ich zu Hause einen ruhigen Ort finde, dann will ich dem Schweigen der Götter lauschen.«

»Das ist gut!« sagte Sophia lächelnd. »Und in Rom musst du noch bei Giovanni vorbei. Er hat sich am Telefon nach dir erkundigt, etwas besorgt, wie mir schien.«

»Wieso?«

»Ich kann es dir nicht sagen. Ich dachte, du wüsstest vielleicht mehr.«

Markus dachte an die Flasche Wein samt Brief und an Giovannis zweite verlorene Wette, sagte aber nichts.

»Am besten, du fragst ihn«, sagte Sophia. »Er möchte dich am Bahnhof abholen. Tu ihm den Gefallen.«

Sophia schaute Markus ins Gesicht. Wieder dieser warmherzige Blick, diese unglaubliche Freundlichkeit.

»Ich glaube, du musst so langsam gehen. Sonst fährt dein Zug ohne dich.«

Sie nahm Markus in den Arm, drückte ihn.

»Wir werden uns wiedersehen«, sagte sie. »Bald vielleicht schon. Ich bin mir sicher. Und grüße ganz herzlich deinen Vater von mir. Ciao, Marco! Pass auf dich auf.«

Dann wandte sie sich schnell um und ging ins Haus. Markus ging den Abhang hinunter, noch immer mit Kloß im Hals, Richtung Bahnhof. Es war ihm zum Heulen.

Giovanni hatte ihn abgeholt. Bei Alfredo hatten sie es sich bequem gemacht. Hatten nach dem ersten Glas ihre anfängliche Einsilbigkeit überwunden. Sprachen über Sophia und Markus' Vater. Und sie waren sich einig, dass das Leben zuweilen verrückt spielt.

»Kürzlich hat so ein Prediger im Radio was wirklich Kluges gesagt«, begann Markus.

Giovanni schaute gespannt.

»Sinngemäß hat er gesagt: wenn du jemand liebst, dann willst du ihm deine Geschichte erzählen, und du willst mit ihm zusammensein, nicht nur, damit du ihm deine Geschichte erzählen kannst, sondern – und jetzt kommt's! – sondern damit die Art, wie er dich anschaut, in dir eine neue Geschichte erweckt, also eine neue Geschichte aus dir herausholt.«

»Das klingt gut!«

Markus fuhr fort: »Verstehst du, ich bin ja alles andere als ein großer Redner, aber irgendwie hat er Recht, jeder will sich mitteilen und braucht jemanden, der ihm zuhört. Bei manchen Menschen, da verschlägt es mir die Sprache, ich werd einsilbig, mir fällt kein Wort mehr ein und ich denk: nichts wie raus hier! Und dann, dann gibt's Leute, in deren Gegenwart fühlst du dich heiter entspannt, du plapperst drauf los, fühlst dich richtig wohl, gehst aus dir raus, kommst vom Hundertsten ins Tausendste« – Markus hielt plötzlich inne, mitten im Satz – »ich glaub, jetzt gerade ist es so! Mensch, Giovanni, du siehst, es muss nicht einmal eine Frau sein, du musst einfach das Gefühl haben, dass der andere richtig gern zuhört.«

Giovanni lächelte vor sich hin. »Ja dann! Dann fühl ich mich jetzt mächtig geehrt«, sagte er und schenkte nach und bestellte bei Alfredo eine weitere Flasche.

Vom Wein war jetzt die Rede und vom Alkohol, von Ursache und Wirkung und deren Umkehrung. Man kam von déja vu-Erlebnissen auf das Gesetz der Serialität und auf Einstein zu sprechen, auf die Quantenmechanik und die Messbarkeit von Zufällen. Und warum die Wissenschaft sich schwer damit tut.

»Kennst du den ›Pauli-Effekt‹?« wollte Markus wissen.

»Nie gehört«, sagte Giovanni und schaute neugierig.

»Pauli war Quantentheoretiker, Kollege von Einstein und ein berüchtigtes Phänomen. Kaum betrat er ein Labor, ging was schief, Geräte fielen aus oder implodierten. Als eines Tages im Labor des Göttinger Physikers James Franck ein wertvolles und empfindliches Gerät den Geist aufgab, und sich keiner erklären konnte, weshalb und wieso, da schrieb Franck spaßeshalber seinem Kollegen Pauli in Zürich, was passiert war und dass ausnahmsweise ja mal nicht er Schuld daran sei. Pauli meldete sich wenig später, er wäre genau zu dem Zeitpunkt auf seiner Reise nach Kopenhagen im Göttinger Bahnhof umgestiegen.«

»Zufall? Wahrscheinlich genauso wenig, wie das, was die amerikanische Schriftstellerin Anne Parrish in Paris erlebt hat. Sie war dort zu Besuch, irgendwann in den Zwanzigerjahren des vorigen Jahrhunderts, und ging an einem Juniabend der Seine entlang spazieren. Schlenderte an den Auslagen der Bouquinisten vorbei, bis – wie soll ich sagen – einer der Unsichtbaren sie zu einer der vielen Bücherkisten führte, wo sie ein altes englisches Kinderbuch entdeckte: ›Jack Frost and Other Stories‹. Sofort fielen ihr Kindheitstage in Colorado Springs ein, wo sie solche Geschichten begeistert verschlungen hatte. Zuerst zögerte sie, dann kaufte sie das Bändchen. Im Hotel zeigte sie das abgegriffene und staubige Exemplar ihrem Mann, der es eher amüsiert denn interessiert zur Kenntnis nahm, dann aber, als Anne im Badezimmer verschwand, doch darin zu blättern begann. Plötzlich stutzte er, schaute ziemlich entgeistert auf eine der Seiten, sprang auf und ging ins Badezimmer, reichte das Buch seiner Frau. Diese schaute auf eine von Kinderhand geschriebene Adresse: ›Anne Parrish, 209 N. Weber Street, Colorado Springs‹.«

»Komisch«, meinte Markus, »als du vor drei Wochen zum ersten Mal dem Zufall andeutungsweise eine gewisse Bedeutung beimessen wolltest, da fand ich das relativ schräg. Jetzt fallen mir plötzlich lauter Geschichten ein, die man sich unter Physikern und Mathematikern immer wieder erzählt.«

»Und so treffen sich, aus ganz unterschiedlichen Ecken kommend, ein Wissenschaftler und ein Orakelexperte in gemeinsamen Geschichten.« Giovanni lachte. »Nur dass bei mir dann gelegentlich noch ein Engel unsichtbar seinen Beitrag leistet, unsichtbar hinter dem Zufall steht und die Fäden knüpft, derweil ihr nach der mathematischen Formel sucht, die diesen ersetzen könnte.«

»Jeder wie er kann«, meinte Markus.

»Du sagst das hoffentlich ohne Bedauern. Weil, du weißt: ›das eine nicht ohne das andere‹. Es hat schon seinen guten Grund, dass sich die Welt auch berechnen lässt.«

»Ja, schon«, meinte Markus, »aber durch deine Sichtweise klingt es charmanter, kommt Farbe in den Film.«

»A propos Film: Hast du *Titanic* gesehen? Ein englischer Schriftsteller namens Morgan Robertson schrieb in den letzten Jahren des 19. Jahrhunderts einen Roman über ein Superschiff, das er *Titan* nannte, das im Nordatlantik einen Eisberg rammt und dabei Hunderte von Passagieren mit in die Meerestiefen reißt. Der Grund: es waren viel zu wenig Rettungsboote auf der *Titan.* Gut ein Dutzend Jahre später wird aus der unheimlichen Fiktion grausame Wirklichkeit.«

Giovanni legte eine Pause ein. Markus schaute ungläubig.

»Doch die Geschichte geht weiter: 1935 fährt der Seemann William Reeves mit seinem Dampfer die gleiche Strecke wie die Titanic, sein Schiff heißt *Titanian*, er kann im letzten Moment einem Eisberg ausweichen.

Geboren ist dieser Mr. Reeves übrigens am 14. April 1912, genau dem Tag, an dem die Titanic ihrem Eisberg nicht mehr ausweichen konnte …«

»Womit wir bei den Hellsehern gelandet wären«, konstatierte Markus.

»Und was sagen die Physiker zu diesem Phänomen?«

»Die meisten wagen sich höchstens mit spitzen Fingern an solche Phänomene. Aber es gibt Elektrophysiker, die elektromagnetische Felder untersucht haben und solche in abgeschwächter Form auch im Gehirn nachweisen können, was unter Umständen etwas übers Gedankenlesen aussagen könnte. Quantenphysiker sprechen auch von einem unbekannten Etwas, für das Entfernung kein Thema ist, vielleicht sogar nicht einmal die Zeit. Ein Franzose hat diese ›Nicht-Lokalität‹ im Laborversuch nachgewiesen und festgestellt, dass auch das Gehirn eine Unterstruktur im Bereich der sogenannten nichtlokalen Quantenmechanik besitzt.«

Giovanni schüttelte den Kopf.

»Ich habe keine Ahnung, wovon du sprichst. Und du verstehst vielleicht nicht alles, was ich dir erzähle, aber eines ist doch merkwürdig: Sokrates hat heute noch genauso Recht wie zu seiner Zeit. Das einzige, was wir wissen, ist, dass wir im Grunde nichts wissen.«

»Stimmt! Und ich finde das plötzlich total in Ordnung«, sagte Markus vergnügt. »Sonst könnten wir uns ja keine spannenden Geschichten mehr erzählen.«

Je länger der Abend wurde und je mehr Geschichten die beiden sich noch auftischten, desto heftiger die Spekulationen, desto wilder die Einfälle. Dazu floss Giuseppes Wein.

»Auf den werd ich in Heidelberg wohl verzichten müssen.«

»Macht nichts. Ein Grund mehr, bald wieder nach Rom zu kommen. Weißt du übrigens, ich schulde dir immer noch eine Flasche von meiner ersten verlorenen Wette. Die nimmst du heute mit. Trinkst sie aber nicht schon im Zug. Trink sie lieber in Heidelberg, mit deinem Vater zum Beispiel, dem du ja sicher einiges zu erzählen hast ...«

»Irgendwie ist doch alles total unglaublich! Mein Vater, deine Schwester. Eure Familie, alle irgendwie verrückt. Allen voran du mit deinen Propheten.«

»Vergiss mir die Sibyllen nicht!«

»Da mach dir keine Sorgen, die kenn ich inzwischen namentlich.«

»Ach, da fällt mir ein: Meine Nichte hat sich gemeldet. Aus Berlin. Sie bat mich, dir Grüße auszurichten und wollte wissen, ob du noch einmal in der Sixtina warst. Ihre Arbeit über Michelangelo hat sie abgegeben.«

»Berlin?« Markus glaubte nicht recht zu hören. »Wieso Berlin? Ich dachte, Lina studiert in Rom.«

Tut sie auch, besser gesagt, tat sie bis jetzt. Aber der Himmel schickte ihr nun endlich das langersehnte Auslandsstipendium, an das sie schon gar nicht mehr glauben wollte.«

»Berlin. Wusste gar nicht, dass sie deutsch spricht.«

»Gar nicht schlecht sogar, soweit ich das beurteilen kann.«

»Davon hat sie kein Wort gesagt.«

»Hast du sie danach gefragt?«

»Nein«, sagte Markus.

»Ja dann!« meinte Giovanni und fügte stolz hinzu: »Meine Nichte ist ein Glückspilz.«

Und ich bin ein Pechvogel, dachte Markus, während Giovanni weiterredete.

»Ein Sonntagskind mit einem sonnigem Wesen, dem die Herzen nur so zufliegen. Weiß Gott, sie wird mir fehlen. Ich bin gespannt, was sie über Michelangelo geschrieben hat. Das *Jüngste Gericht* in einem neuen Licht, hat sie gemeint. Für sie ein Werk, in dem der visionäre Geist und nicht mehr so sehr das Gericht als finaler Akt im Mittelpunkt stünde. Der Ausweg sei bereits angedacht. Nicht mehr die Höllenvision, sondern die Auferstehung stehe im Mittelpunkt. Ein Christus von antiker Schönheit gleichsam als ›mystischer Vortänzer‹ im Reigen der Lebenden. Eine Interpretation, die erst durch die Restaurierung des Gemäldes möglich wurde.«

Giovanni redete und redete. Doch für Markus war längst jeder Gedanke an die Sixtina ein Gedanke an Lina. Bilder von der ersten Begegnung gingen ihm durch den Kopf, wie er in der Sixtinischen Kapelle neben ihr stand, ihr zuhörte, von ihrer warmen Stimme angezogen wurde, und wie er sie dann draußen angesprochen hatte. Wie er ihr ein paar Tage später unverhofft beim Dorffest wiederbegegnet war, erst strahlender Mittelpunkt, dann schon wieder verschwunden. Und jetzt redet plötzlich Giovanni wieder von ihr. Wie aus heiterem Himmel. Alles nur Zufall? Für Giovanni gibt's den doch eigentlich gar nicht.

Plötzlich hielt Giovanni in seinem Redefluss inne.

»Hörst du mir überhaupt noch zu?«

»Ich glaube, ich bin heftig müde«, sagte Markus ausweichend.

»Und hast noch eine lange Reise vor dir. Lass uns gehen.«

Giovanni nahm sein Glas.

»Trinken wir auf unsere Freundschaft, und versprich mir, bald wiederzukommen.«

Plötzlich wurde Markus bewusst, dass ja schon in wenigen Stunden diese Reise zu Ende sein würde. Er sagte: »Salute, Giovanni. Und herzlichen Dank! Es kommt mir vor wie eine Ewigkeit, ich meine die Tage hier in Rom. So etwas hab ich, ehrlich gestanden, noch nie erlebt.«

Markus nahm noch einen Schluck, fixierte sein Gegenüber und fügte hinzu: »Nur eins fehlt. Versprich mir, dass du, wenn ich wiederkomme, mir dann noch mehr über das, was du weißt, erzählen wirst. Ohne Ausflüchte, ausführlich. Ich habe ja auch versucht, dir von meinen Weltraumspekulationen zu erzählen. Mach die Tür zu deinen Geschichten vollends auf. Immer wieder geht mir durch den Kopf, was du über die Religionen und die uns miteinander verbindenden Geschichten gesagt hast. Deine gehören dazu. Behalt sie nicht länger für dich!«

»Du hast Recht.«

»Wann?«

»Wir werden sehen. Demnächst vielleicht schon. Lass uns daran arbeiten. Und, als einen weiteren Schritt in die richtige Richtung, lass mich endlich eine Wette gewinnen!«

»Giovanni! Wie kommst du denn jetzt darauf? Was, bitteschön, hat denn eine Wette damit zu tun?«

»Wirst du schon noch sehen.«

Und was für eine Wette soll das sein?« fragte Markus skeptisch.

»Eben eine, die ich dann auch mal gewinnen werde …«

»Aha! Und wie soll das gehen?«

»Nun, ich hab mir gedacht, wir könnten wetten, dass dir bald schon ein guter Engel über den Weg läuft. Ganz irdisch, also ohne Flügelschlag.«

Markus schaute etwas hilflos, wusste nicht, was das jetzt sollte. Schüttelte den Kopf. Meinte dann missbilligend:

»Machst du dich jetzt über mich lustig?«

»Im Gegenteil. Gib mir noch eine Chance! Schließlich sind aller guten Dinge drei.«

»*Guten* vor allem, dass ich nicht lache!« unterbrach ihn Markus mit ironischem Unterton. Dann meinte er:

»Und woher willst du wissen, dass du die auch gewinnen wirst? Und dass ich das dann als Engelserscheinung deuten werde?«

»Ein Versprechen …«

»Hä? Was für ein Versprechen?«

Giovanni zögerte, meinte dann vieldeutig:

»Eines … aus der Kapelle …«

»Aus deiner Kapelle. Ach ja. Hier spricht das Orakel. Bitte kommen! Ha! dass ich nicht lache!«

»Wir werden ja sehen, wer zuletzt lacht.«

»Einverstanden«, sagte Markus plötzlich, »eine Kiste Wein aus Giuseppes Keller, 24 Flaschen Gran Riserva. Und wehe, wenn eine korkt!«

»Oh! Wie bescheiden. Darf ich fragen, wieso gleich eine ganze Kiste?«

»Zum sanft Entschlafen. Overdose.«

Giovanni grinste. »Ja dann!« Und fügte hinzu: »Die Wette gilt!«

Rom. Sixtina. Nacht.

»Auf dem Weg nach Hause.«

»Gut.«

»Und in die richtige Richtung.«

»Und er weiß jetzt: das eine nicht ohne das andere.«

»Wer Wissen besitzt ohne Weisheit, ist wie einer, der den Schlüssel nach innen besitzt, den nach außen aber verloren hat.«

»Noch hat er ihn aber nicht.«

»Wir können schließlich nicht hexen.«

»Gut Ding braucht Weile!«

»Immerhin kennt er den Weg zum Schlüsseldienst ...«

Alle Wege

Der Rhythmus tat gut. Das gleichmäßige Rattern der Räder. Das Tempo durch die Nacht. Markus saß auf seinem Bett im Schlafwagenabteil. Doch an Schlafen war nicht zu denken. Verwettert, wie aus einem ganz und gar unmöglichen Traum erwacht, so saß er da und schaute ins Leere.

Ende einer Reise, dachte er, weniger aus Rom als vielmehr aus Absurdistan.

Markus schloss die Augen. Unzählige, chaotisch durcheinandergewürfelte Bilder gingen ihm gleichzeitig durch den Kopf. Sätze aus den Gesprächen mit Giovanni. Vom Zusammenspiel der Kräfte, von Zufall und Ordnung und gelebtem Leben.

Sollte aber alles kein Zufall sein, was dann? Und was jetzt? Bei einer zufälligen Begegnung mitten im Besucherstrom der Sixtinischen Kapelle hab ich eine ganze Familie kennen gelernt, erst Lina – o Gott, wie find' ich dich!! –, dann Giovanni, ihren Onkel, dann dessen Schwestern, zuerst die gastfreundliche Irena, dann Sophia, die feine, zierliche Gestalt mit der unendlichen Freundlichkeit in den Augen. Langsam bilde ich mir schon ein, ich gehörte dazu. Was so ganz falsch ja schließlich nicht ist. Sophia …, mein Vater …! Schwesterherz wird ganz schön staunen! Und natürlich wusste Giovanni vom ersten Moment an, als er das Biglietto in der Hand hielt, dass nur Sophia, seine Schwester, gemeint sein konnte. Durch seine geschickt gestellten Fragen hat er sich zusätzlich vergewissert.

»Und warum hast du mir nichts gesagt?« hatte ihn Markus gefragt.

»Weil es deine Geschichte ist, und natürlich die deines Vaters, die du selber erfahren, und dir durch eigenes Handeln zueigen machen musstest.«

Und jetzt? Markus erhob sich, öffnete die Tür seines Schlafwagenabteils und stellte sich in den Gang. Etwas weiter standen noch zwei Gestalten und rauchten. Eigentlich hätte Markus jetzt auch gerne geraucht, aber als sein Paket in Rom plötzlich leer war, beschloss er, keines mehr zu kaufen. Und ohne groß darüber nachzudenken, hatte er so ganz nebenbei mit dem Rauchen aufgehört.

Er schaute in die vorbeirasende Nacht. Und überlegte, wie es weitergehen könnte.

Wenn alle Wege nach Rom führen, wohin, bitteschön, führt dann die Rückreise nach Heidelberg? Real betrachtet ja wohl nach Hause. Als erstes würde er seinen Vater besuchen, ihm Grüße von Sophia bestellen … Dann würde er seiner Schwester telefonieren, dann wohl oder übel ins Labor fahren. Und irgendwann müsste er sich auch bei Claudia melden. Er hatte keine Ahnung, wie sie auf seinen Brief reagiert haben könnte. Aber er fühlte sich seither erleichtert. Und fühlte sich gut, weil er den Mut hatte, klar Schiff zu machen.

Markus war wieder in sein Abteil zurückgegangen. Hatte sich hingelegt. Und fand immer noch keinen

Schlaf. Und musste sich eingestehen: alles Hin- und Herüberlegen war überlagert von nur einem einzigen Gedanken: Er wollte Lina wiedersehen. So vehement er sich anfangs gegen Giovannis ›Es gibt keine Zufälle‹-These gewehrt hatte, so sehr wollte er inzwischen das altmodische Wort Fügung in seinen aktiven Wortschatz aufnehmen.

Also Berlin, sagte er sich. So bald wie möglich. Allerdings würde er mit der Methode ›Marktfrau-fragen‹ – erst links, dann rechts, dann geradeaus – dort nicht weit kommen. Dafür aber gibt es an der Universität ein Akademisches Auslandsamt und ein Kunsthistorisches Institut und Sekretärinnen, und vielleicht, wer weiß, den kleinen Wink eines Engels. Der weiterhilft. Außerdem führen alle Wege … und überhaupt … und wer weiß …

Markus war endlich eingeschlafen. Schlief wie ein Bär, bis der Schlafwagenschaffner kam und ihn unsanft wachrütteln musste: »In wenigen Minuten erreichen wir Heidelberg.«

Heidelberg

»Marco!?«

»Lina!« Markus blieb wie angewurzelt stehen.

»Ja, was machen Sie denn da?«

»Ich glaub, ich seh' nicht recht! … Das würde ich Sie auch gerne fragen«, stotterte Markus hilflos.

»Ich? Ich wohne hier. Seit gestern, um es genau zu sagen. In der Einliegerwohnung.«

»Sie? Was? Wo wohnen Sie? Wieso, wieso wohnen Sie hier? Hier wohnt mein Vater.«

»Ihr Vater? Etwa der ältere Herr, der das ganze Haus hier allein bewohnt?«

»Ist mein Vater.«

Lina stand da, schaute ungläubig auf ihr Gegenüber, dann begann sie plötzlich laut zu lachen. »No è possibile! Was für ein Zufall!«

Markus verstand immer noch nichts. »Ich dachte Berlin …«

»Berlin war nur eine Woche«, sagte Lina, die sich langsam wieder beruhigte. »Eine Woche Einführungsseminar für die Stipendiaten. Ab sofort Heidelberg.«

»Aber wie haben Sie ausgerechnet dieses Zimmer gefunden?«

Lina lachte. »Auf dem denkbar kürzesten Weg! Meine Tante in Süditalien gab mir eine Telefonnummer in

Heidelberg – und schon hatte ich ein Zimmer. Ist das nicht verrückt?«

Lächelnd fügte sie hinzu: »Für ein ganzes Jahr. Ich hoffe, Sie haben keine Einwände.« Dabei musterte sie Markus mit einem charmanten Fragezeichen im Blick, den dieser etwas verlegen erwiderte. Plötzlich sagte er:

»Vielleicht hat ja ihr Onkel Giovanni soeben seine Wette gewonnen.«

»Was für eine Wette?«

»Nichts Besonderes, wir haben eben gewettet.«

»Was? Ihr habt gewettet?« fragte sie lachend.

»Schon zum dritten Mal.«

»Typisch Giovanni! Und um was ging es in dieser Wette, wenn ich neugierig sein darf?«

»Wenn ich das nur so genau wüsste! Eigentlich, wenn ich's recht bedenke, dann ging es darum, dass wir uns wiedersehen.«

»Dass wir uns … Wer wir?«

»Sie und ich.«

Jetzt war die Verlegenheit auf Linas Seite.

»Eine Kiste Wein aus dem Weinkeller Ihres Vaters«, sagte Markus.

»Wie bitte?« Lina schaute leicht entsetzt. »Unsinn!«

»In Zahlen: 24 Flaschen Gran Riserva. Und ich bin selber schuld daran.«

»Giovanni ist verrückt und Sie sind es demnach auch! Aber«, fügte sie mit launigem Lächeln hinzu, »ich könnte versuchen, bei meinem Vater einen Sonderpreis auszuhandeln. Für Angelina tut er fast alles.«

»Wieso Angelina?«

»Weil ich so heiße. Lina ist Angelina. Alle sagen Lina. Geht schneller. Gefällt Ihnen Angelina?«

»Angelina«, wiederholte Markus, das ist doch noch viel schöner als Lina!«

»Kleiner Engel«, übersetzte sie.

»Kleiner Engel«, wiederholte Markus und stockte plötzlich. Dann sagte er leise: »Cerca il tuo angelo, piccolo que sia.«

»Suche deinen Engel, so klein er auch sein mag«, wiederholte Angelina. »Das ist schön! Woher haben Sie das?«

»Vom Wünschelkind.«

Nachspiel

Fahles Sternenlicht drang durch die bogenförmigen Fenster. Leben regte sich in der von Papst Sixtus vor mehr als 525 Jahren streng nach den Maßen des Salomonischen Tempels erbauten Kapelle. Es war weit nach Mitternacht. Michelangelos Gestalten an der tonnenförmigen, eintausend Quadratmeter großen Decke lösten sich aus ihrer Starre. Es waren, wie wir wissen, die Propheten und Sibyllen, samt den ihnen dienenden Knaben und Mädchen im Hintergrund, die sich räkelten und streckten und die Glieder schüttelten. Erst war es nur ein Flüstern und Raunen, dann ein vielstimmiger Chor.

»Eine schöne Geschichte.«

»Zugegeben.«

»Zu dick aufgetragen.«

»Neidhammel!«

»Wenn es immer häufiger so laufen könnte …«

»Im Großen auch wie hier im Kleinen.«

»Ist ja recht!« meldete sich Jona zu Wort, »aber jetzt gebt uns endlich des Rätsels Lösung, denn es ist ja wohl klar, dass ich nicht der einzige bin, der nichts verstanden hat.«

Verlegenes Räuspern in der Runde.

»Nun, da wir alle schweigen, bleiben wir Propheten«, konstatierte Jesaja süffisant.

»Also gut«, meinte Daniel, »es waren die sibyllinischen Worte unserer Seherin aus Libyen, die mich auf die Spur des Rätsel der delphischen Sibylle gebracht haben. Und alles ist, wie so oft, ganz einfach.«

»Was sagte sie?«

»Den zweiten Schritt vor dem ersten.«

»Alles Kokolores«, raunzte Sacharja, »und was soll das heißen?«

»Dass Nachdenken nicht verboten ist«, fuhr Daniel unbeirrt fort. Das Orakel ist vom Ende her zu knacken. Ihr erinnert euch. Es lautete:

> »Weder wirst du ihm den Mund verbieten, noch wird das Glück von zwei sich Suchenden dir am Herzen liegen.«

Also war klar, dass mir zuallererst das Glück zweier sich Suchender am Herzen liegen muss. Das war mir ja auch nicht verboten. Damit aber strafte ich das Orakelwort Lügen. Folglich wird Giovanni reden können, über Gott und die Welt und über uns, und ich habe der Sibylle nicht nur ihren Wunsch erfüllt, sondern konnte mich auch, wie angekündigt, um Giovannis Wohlergehen kümmern.«

»Gut gespielt!«

»Mit Herz und mit Verstand.«

»Seraphim und Cherubim standen uns zur Seite.«

»Wie weiter?«

»Wir werden sehen.«

»Muster entstehen bekanntlich beim Weben.«

»Und Giovanni?«

»Giovanni? Er wird nun endlich reden. Was er über uns weiß und noch erfahren wird.«

»Wann werden wir wieder spielen?«

»Wir werden sehen.«

»Und Angelina? Und Markus?«

»Werden wir nicht aus den Augen verlieren!« sagte Daniel, der Prophet, mit Nachdruck in der Stimme, während sein Blick zur delphischen Sibylle ging, die diesen, leise lächelnd, erwiderte.